文春文庫

奈緒と磐音

居眠り磐音

佐伯泰英

文藝春秋

目次

「居眠り磐音」

主な登場人物

坂崎《さかざき》磐音《いわね》　豊後関前藩士。中老の嫡男。剣の達人。

小林《こばやし》奈緒《なお》　磐音の幼馴染みで許婚《いいなずけ》。琴平、舞の妹。

坂崎《さかざき》正睦《まさよし》　磐音の父。豊後関前藩の中老職。藩財政の立て直しを担う。

坂崎《さかざき》照埜《てるの》　磐音の母。

坂崎《さかざき》伊代《いよ》　磐音の十一歳違いの妹。

河出《かわで》慎之輔《しんのすけ》　豊後関前藩御先手組組頭の嫡男。磐音の幼馴染み。

小林《こばやし》琴平《きんぺい》　豊後関前藩納戸頭の嫡男。磐音の幼馴染み。舞と奈緒の兄。

小林《こばやし》舞《まい》　琴平の妹、奈緒の姉。

宍戸《ししど》文六《ぶんろく》　豊後関前藩の国家老。

中戸信継《なかとのぶつぐ》
豊後関前藩の剣術道場・神伝一刀流中戸道場主。磐音らの師匠。

中居半蔵《なかいはんぞう》
豊後関前藩の直目付。中戸道場の先輩門弟。

佐々木玲圓《ささきれいえん》
神保小路に直心影流の剣術道場・佐々木道場を構える磐音の師。

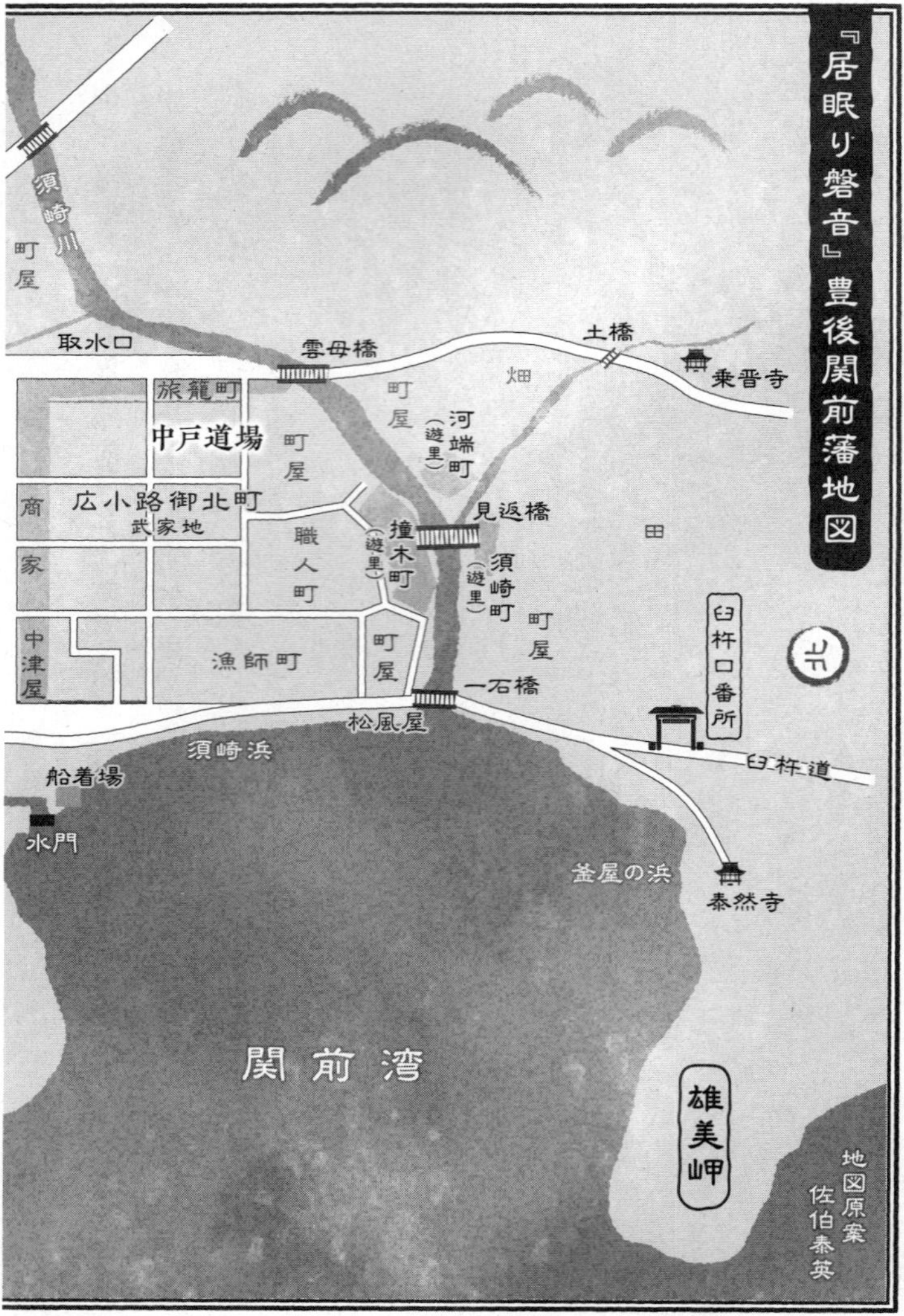

『居眠り磐音』豊後関前藩地図
須崎川
町屋
取水口
雲母橋
土橋
乗晋寺
畑
旅籠町
中戸道場
町屋
町屋
河端町（遊里）
広小路御北町
武家地
商家
職人町
撞木町（遊里）
見返橋
須崎町（遊里）
町屋
田
臼杵口番所
中津屋
漁師町
町屋
一石橋
松風屋
須崎浜
臼杵道
船着場
水門
釜屋の浜
泰然寺
関前湾
雄美岬
地図原案 佐伯泰英

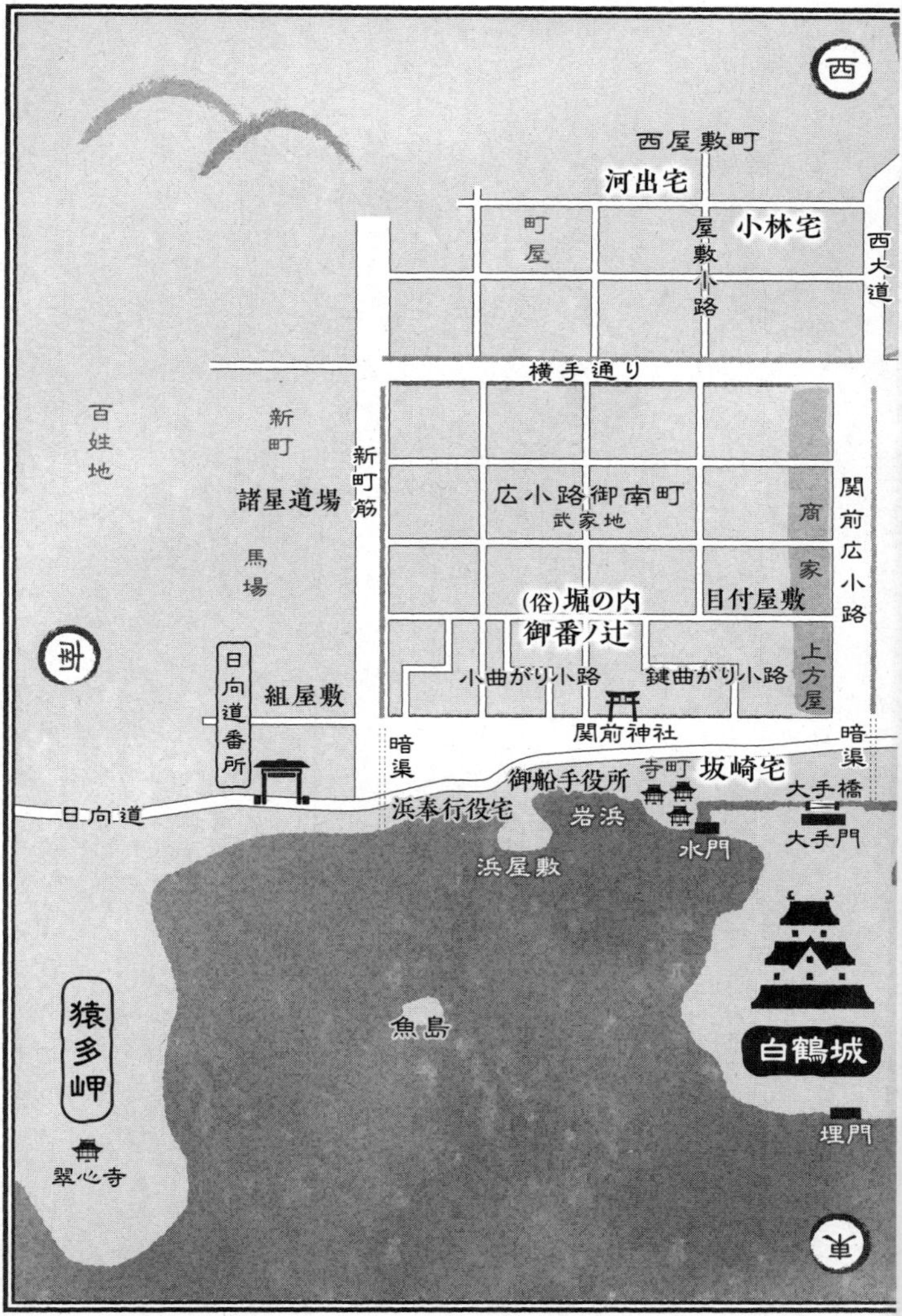
西
西屋敷町
河出宅
町屋
屋敷小路
小林宅
西大道
横手通り
百姓地
新町
新町筋
諸星道場
広小路御南町
武家地
商家
関前広小路
馬場
(俗)堀の内
目付屋敷
御番ノ辻
南
日向道番所
組屋敷
小曲がり小路
鍵曲がり小路
上方屋
関前神社
暗渠
暗渠
寺町
坂崎宅
御船手役所
大手橋
日向道
浜奉行役宅
岩浜
水門
大手門
浜屋敷
魚島
白鶴城
猿多岬
埋門
翠心寺
東

編集協力　澤島優子
地図制作　木村弥世

奈緒と磐音

居眠り磐音

第一話　赤子の指

一

いつの間にか坂崎磐音《さかざきいわね》は還暦を超えていた。

そのせいか夢の中で過ぎし日の情景や人間を思い出すことがあった。ときには道場で門弟たちの稽古《けいこ》ぶりを見ているとき、うつつと承知で「夢」らしい思い出に浸っていることがあった。広い道場でだれがどのような稽古をしているか、しっかりと見ていた。それでいて、

「真昼の夢」

をどことなく楽しむ自分がいた。

かようなことが老いていくということであろうか。うつつの日々が夢の間へと

変わったとき、彼岸へと旅立つのか。そんなことを考えながら尚武館《しょうぶかん》道場を見渡した。

直心影《じきしんかげ》流尚武館坂崎道場には、大勢の門弟がいた。住み込み門弟もいれば通いの門弟衆もいた。ときに門弟に稽古をつけながら相手の名を思い出せないこともあった。

そうだ、それがしの剣術の師中戸《なかと》信継《のぶつぐ》様も晩年は、わずか数十人の門弟の名と顔が一致しないのか、名を違えて呼んでいたそうな。

（そろそろ隠居を考えるべきときか）

そんなことを考えつつ、

「これ、舘村勇三郎《たてむらゆうざぶろう》、足の運びが疎《おろそ》かになっておる」

と注意をした門弟が訝《いぶか》しそうな顔をして磐音を見返した。

「うむ、また名を間違えたか」

「それがし、入門し立てではございません、未だ先生に名を覚えて頂けませんか。逆瀬《さかせ》川《がわ》三郎太《さぶろうた》でございます」

「おお、すまぬ。三郎太、許せ」

そんな会話を道場でしたせいか、その夜、幼い日々の夢を見た。

弥生三月の昼下がり。

豊後《ぶんご》関前《せきまえ》藩の白鶴《はっかく》城本丸を眺める内海を、一艘《そう》の漁《いさ》り舟が内海に浮かぶ魚島に向かっていた。

関前の内海を二つに分けるように、岬が東の速吸瀬戸《はやすいのせと》に向かって突き出していた。また白鶴城は三方を外堀の如《ごと》く内海に囲まれ、天守の西側に西の丸、三の丸、さらにくびれたところに大手門があった。かように白鶴城は内海という天然の要害に囲まれた岬城といえた。また白鶴城のある岬全体をさらに南北から大きな巨人が両腕を差し出して抱いたように雄美《ゆうび》岬《さき》と猿多《さるた》岬《さき》が突き出していて、海と岬によって二重に城と城下を守っていた。

「豊後関前は美しいな」

小林琴平《こばやしきんぺい》が言った。

海上から見ると白鶴城の岬全体が桜の花に彩られていた。さらには猿多岬も満開の桜に淡い紅色に染まっていた。

漁り舟には琴平の他に同じ九歳の坂崎磐音、一歳上の河出《かわで》慎之輔《しんのすけ》が上気した顔で乗り込んでいた。三人は豊後関前藩の武家の嫡男《ちゃくなん》で幼馴染《おさななじ》みだ。腰に脇差《わきざし》や小さ刀が差され、そして手には木刀が握られていた。ちなみに小さ刀を差しているのは三人の中で小柄な琴平だ。

彼らは豊後関前藩の中老職から納戸頭《なんどがしら》、上士から中士と家禄《かろく》は違ったが、なぜか物心ついた折から馬が合った。

「琴平、そなた、桜を愛でる気持ちがあったか」

とからかうように慎之輔が言った。

「慎之輔はこの景色を見て、美しいとは思わぬか」

「だれが見てもこの季節の関前は美しいぞ」

岬全体が城郭をなす白鶴城を無言で眺める磐音に、二人が眼差《まなざ》しを向けた。

「磐音、そなた、中戸道場に入門願いを出したそうじゃな」

磐音と呼ばれた中老職六百三十石の嫡男に、納戸頭二百五十石の嫡男の琴平が質《ただ》した。

「入門願いなどという大それたものではない」

と磐音が応じて、

「中戸先生に九歳で稽古が叶《かな》いましょうかと法事の席でお尋ねしただけだ」

「うむ、知らなかった。で、中戸先生はなんと答えられた」

慎之輔が磐音に質した。

「未だ体が出来ておらぬゆえ、もう少し待つがよいと申された」

「なに、九歳では入門ならずか。よいわ、門弟にしてもらえずとも道場に押しかけて稽古をすればよかろう」

と琴平が乱暴なことを言った。

「中戸先生がお断りになったものを押しかけて稽古ができるものか」

御先手組《おさきてぐみ》組頭の家系の慎之輔が琴平に言い聞かせるように述べた。

「ダメか、磐音」

「三、四年、体がしっかりとできるのを待つしかあるまい」

と磐音が応じた。

「新町の諸星《もろぼし》道場は、われらの歳《とし》でも入門を許すというぞ。あちらに行くか」

磐音と呼ばれた少年が首を横に振った。

「おれは神伝《しんでん》一刀流の中戸信継先生の教えを乞う」

「剣道場はどこもいっしょであろうが」

「無茶をいうな、剣術には流儀がそれぞれあり、教え方も師匠の人柄も違う。おれは中戸先生のお許しを待つ」

「磐音、どのような稽古ごとも七、八歳になれば始めてよかろう。おれはな、諸星道場に入門を願ってみるぞ」

と琴平が言った。

「好きにせえ」

慎之輔が応じたとき、漁師の悟助《ごすけ》が、

「若様方、魚島の入江に舟を着けますぞ」

と言った。

磐音の祖父が生きていた時分から釣りの相方を務めてきた悟助が、三人の少年に言った。むろん本業は漁師だが、倅《せがれ》が跡を継いでおり、半ば隠居の身だ。

魚島は白鶴城の南側の内海の真ん中にある小島だ。住人はいなかったが、漁期にはこの島に泊まって仕事をした。ために島には漁師小屋があり、寝泊まりはできた。

魚島の周りはおよそ一里半余で、高さ三十間の岩山、魚見山があってその岩壁の割れ目から清水が湧《わ》き出していた。

磐音たち三人は、両親の許しを得て魚島に二晩泊まりで過ごそうと企てた。

「若様方よ、三人で泊まるのはいいがよ、怖くはないか」

「悟助、魚島に獣でもおるか」

　琴平が応じた。

「獣な、わしが小さなころ、猿多岬から泳ぎ着いてきた猪親子がいたがな、お城の鉄砲方が島に渡ってよ、射殺したな。以来、獣はいめえ。野猿は棲んでおるかもしれんな、食いものには気をつけなされ」

「猿か、猿は怖くはないぞ。他に怖いことはあるか」

「若様方はお侍の子じゃ、刀も持っておられる。なんのことはあるめえが、島の闇《やみ》は真っ暗じゃぞ、小便も行けめえ」

「なに、漁師小屋は外厠《かわや》か」

　琴平が驚きの様子で尋ね返した。

「そうじゃ、小林の若様」

「おれは闇なんぞ怖くないぞ」

　琴平が胸を張ったとき、軽い音が漁り舟に響いて石ころの浜に乗り上げた。いつもは一番先に行動する琴平が漁り舟に立ち竦《すく》み、その代わりに慎之輔が小舟から浜に飛んだ。

「琴平、悟助の舟でそなた、戻るか」

「ば、ばかを言うでない。おれは島に泊まりにきたのだぞ」

「ならば浜に降りろ」

「磐音、おまえは下りぬのか」

「そなたが下りるのを見届けて浜に飛ぶ」

「磐音、おれの言葉を信じておらぬのか」

「信じておる。夜の小便が怖いと思うておることをな」

「悟助が言うたぞ、島には猿はおるが獣はおらぬと言うたぞ」

「おお、漁師小屋に荷を置いたら島歩きじゃ」

「よし」

と答えた琴平が舟から飛び、磐音が続いた。

二晩の食い物などを包んだ竹籠《たけかご》を受け取った磐音が、

「悟助、明後日に迎えをたのむ」

「坂崎の若様、心配ねえ。そなた様の爺《じい》様はな、よう魚島に泊まって夜釣りをしなさったな」

「なに、じじ様は魚島で夜釣りをされたか」

「釣り名人じゃったが、釣った魚は一匹残らず生きておるうちに海に戻しておられたな」

と告げた悟助の舟の舳先《へさき》を、磐音が波間に足をつけて押し戻した。

「悟助、忘れるでないぞ、明後日の迎えをな」

と琴平が重ねて願った。どうやら魚島での少年だけの二晩泊まりが不安になったようだ。

「見よ。白鶴城の桜を」

磐音が琴平に不安を忘れさせるように話題を変えた。

桜の波の上に天守が聳《そび》えていた。

「西国広しといえどもかように美しい城はあるまい」

慎之輔が遠ざかる漁り舟を見ながら言った。

「慎之輔、西国だけでも大きな大名家がいくつもある。薩摩《さつま》島津家は関前の十倍以上の家禄を誇る雄藩だぞ。さらには福岡藩黒田家も肥後の細川様も優に十万石を超えておる。城も立派であろう」

「磐音、ゆうはんとはなんだ」

「外様《とざま》ながら江戸幕府に一目置かれた城持ち大名ということだ。島津家は薩摩、大隅の領地ばかりか琉球を支配しておる」

「物知り磐音、琉球とは南の島じゃな。さような島を支配していてもなんの役にも立つまい」

「琴平、琉球は唐人の国に近い。ゆえに唐人の国にも薩摩にも関わりを持っておるそうな。この琉球には異国からいろいろな品が入ってくると父上が申された。ゆえに薩摩は内所《ないしょ》が豊かじゃ」

「磐音、関前よりも金持ちか」

「琴平、そなた、関前がなんでも一番と思うておるか。豊後の国にはわが藩を筆頭に数万石の大名が割拠しておる。西国の中でも貧しい国が豊後国じゃ」

「磐音、なぜ豊後は貧しいのか」

　磐音と呼ばれた少年がしばし間を置いた。

「キリシタン大名大友宗麟様の御世は、豊後も一つに纏《まと》まっていたゆえ力をもっていた。だが、薩摩に侵入された上にキリシタンが禁教になり、豊後の国はばらばらになってしもうた。そのせいでせいぜい数万石の大名ばかりが出来上がったと父上に聞いた」

　琴平は浜で磐音を質問責めにして、漁師小屋に向かおうとはしなかった。

「磐音、漁師小屋の戸を開けて風を入れるぞ。甕《かめ》に水も汲《く》まねばならぬ。話している暇はない」

慎之輔に言われた磐音が竹籠を下げて漁師小屋に向かった。だが、琴平は未だ浜に立って遠ざかる悟助の舟を見ていた。

「琴平、いくら浜にいても悟助の舟が戻ってくるのは明後日のことだ。いくぞ、漁師小屋にな」

年上の慎之輔に促された琴平がしぶしぶと浜を離れた。

三人は浜より一段上の高台に建つ漁師小屋の戸締りを開けて風を入れた。

このところ閉め切っていた漁師小屋に潮風が入り、淀んでいた漁師小屋の気を吹き飛ばしてくれた。

縁側に立つと白鶴城の天守が望めた。魚島と白鶴城のある岬の間の岩が、浪間にいくつも頭を出しては消えた。

この魚島のある南の内海は海底から汽水が湧いて、鯖《さば》や鯵《あじ》や鰈《かれい》が獲れる豊かな海だ。だが、関前藩の外へ豊かな海産物が売られることはなかった。ために城下の朝市で売り買いされる程度の商いしか成り立たなかった。

とはいえ少年たちがかようなことに気付くのは何年もあとのことだ。

持参した握りめしや煮物などを竹籠から取り出すと、島に棲むという猿が盗まぬように土間に置かれた頑丈な竹籠に入れて蓋《ふた》をし、麻縄でしっかりと縛った。

「よし、次は布団を干して風をあてよう」

慎之輔が板の間の隅に積んであった夜具を縁側に干して、春の陽射《ひざ》しと風にあてることにした。

「これで二晩泊まりの仕度はなったな」

最前から無口になっていた琴平に慎之輔が言った。琴平はただじいっと漁師小屋を見廻した。

「琴平、なんぞ心配か」

しばし間を置いた琴平が、

「母上に子が生まれる」

「さようなことは磐音もおれも承知じゃ。琴平と舞《まい》の二人を産んだ母様であろうが、今更案じることはない」

「そうかのう。弟か妹か、おれは気になってきた」

「琴平、案じておるのは今晩外の厠に小便に行けぬことではないか」

慎之輔に言われた琴平が、

「おれは舞の兄じゃぞ。厠くらい独りで行ける」

と二人の友に虚勢を張り、

「水を汲みがてら魚見山の岩場に上がるぞ」

と言い放ち、

「悟助は、島に猿はおると言ったな」

と語を継いだ。

「だから、食いものは盗まれぬように保管したぞ」

「慎之輔、おれは猿が来ぬように留守番をしていようか」

と琴平が慎之輔に言った。

「琴平、臆したか」

「慎之輔、そうではない」

と応じた琴平の言葉はいつもの元気がなかった。

「琴平、島では三人一緒に行動する、それが約定《やくじょう》じゃぞ」

と磐音が言い、

「中老の跡継ぎのの言葉ゆえ逆らえぬ」

と琴平も覚悟を決めたか、木刀の代わりに柄の長い鎌を手にした。

漁師小屋には漁の道具の他に島で必要な鋸《のこぎり》、鉈《なた》、斧、草刈り鎌などが揃《そろ》っていた。琴平が手にしたのは、柄が五尺ほどの枝切り鎌だ。他の二人は木刀を携えた。それに水を汲むための木桶《きおけ》を磐音と慎之輔が手にした。

漁師小屋の背後から岩場の間を魚見山へと山道が延びていた。

どのような場合も慎重な磐音が先頭に立った。

磐音は、前もって悟助に魚島での二晩泊まりの冒険を相談していた。

「親父様は承知かね」

「いや、まだお許しを得ておらぬ。そなたから魚島の様子を聞いて父上に相談するつもりじゃ」

その言葉を聞いた悟助が、魚島の地形から二つの砂浜の危険なところ、湧き水の出る岩場、魚釣りの出来る場所、そして魚見山の岩場の足がかりの途を教えてくれた。ゆえに磐音は山道が漁師小屋の裏手から始まっていることを承知していた。

岩場が終わると雑木林に変わった。下草に野生の綿が生えた雑木林の一角から水音がかすかに響いてきた。すると、
キィキィ
と猿の鳴き声が響いた。

「さ、猿じゃ、磐音」

と磐音の後に従う琴平が怯《おび》えた声を上げた。

「琴平、猿に出会うたらな、無暗《むやみ》に怯えたり威嚇《いかく》したりするのはよくないそうじゃ。猿よりもわれらのほうが大きく堂々としておると思わせれば、相手のほうが退いていく」

「確かか、磐音」

「そう聞いた」

「頼りないな」

と琴平が言った。

最後尾の慎之輔から声が飛んだ。

「磐音、琴平がかように臆病とは思わなかったな」

「慎之輔、おれは臆病ではないぞ、慎重なだけだ」

と琴平が抗《あらが》った。

不意に垂直に切り立った岩場が立ち塞《ふさ》がった。

「この岩場を登るのか」

琴平が岩場の上を見上げた。

「まあ、待て。まず水場で水を汲む」

磐音が岩場の右手に回り込んだ。すると石清水がちょろちょろと湧き出している水場に出た。その湧き水の下には漁師たちが穿《うが》ったか、自然石の水たまりがあって、その水たまりからあふれた水が雑木林をちょろちょろと流れていることを磐音は悟助から聞いていた。

その折、悟助は、

「坂崎の若様よ、いいか、雑木林の流れに行くでねえよ、蝮《まむし》がおるでな。遠くても石清水で水を汲むだ」

と忠言していた。

三人は岩山に登る前に手で石清水を掬《すく》い、喉《のど》の渇きを癒した。

「磐音、この岩山を攀《よ》じ登るのか。高さはどれほどか」

「琴平、何度もいうたぞ、三十間はあるそうな」

「天守より高くはないか」

「同じくらいかな。白鶴城の岬は魚島より高いでな、魚見山の頂に登っても白鶴城の天守を見上げることになろう」

そう言った磐音が木桶を水場において懐《ふところ》に入れていた帯で木刀を背中に背負い、

岩場登りの仕度をした。慎之輔が磐音を真似《まね》た。だが、小柄な琴平は，長柄の枝切り鎌を手にして登るという。

十間ほど横手に回り込んだ岩山に窪みがあって、そこが魚見山の岩場登りの道に見えた。

「おい、琴平、枝切り鎌を持参するつもりか」

慎之輔の言葉にしばし迷った琴平が登り口に枝切り鎌を残すことにした。わずかに傾斜が緩《ゆる》やかな岩場を素手で摑《つか》んで黙々とよじ登った。

「琴平、下を見るでないぞ」

磐音に注意されながらも、なんとか琴平と慎之輔が半刻《はんとき》（一時間）後に岩山の頂へと登り切った。

息を弾ませた三人の眼に桜の花に彩られた白鶴城が飛び込んできた。

三人は荒く弾む息遣いも忘れて茫然《ぼうぜん》と城の威容に見入った。悟助の漁り舟から見た光景とも違った、桜の花に包まれた白鶴城が西陽を受けて浮かんでいた。

関前藩の古書に曰《いわ》く、

〈白鶴城は三面が断崖《だんがい》に隔絶され海に囲まれ、東西二百余間、南北百三十四間。岬はおよそ二十間余の丘陵をなし、西口だけが城下へと通じたり〉

三人は言葉を忘れて見詰めていた。

二

磐音ら三人は魚見山の頂、広さ五、六十畳ほどの岩場で木刀を構えて素振《すぶ》りをしたり、磐音と慎之輔が打合い稽古の真似事をしたりして時を過ごした。

木刀を漁師小屋に残してきた琴平が、

「おい、磐音、慎之輔、おれに木刀を貸してくれんか」

と願ったが、

「枝切りを持ってきたろう。あいつを振り回せ」

「慎之輔、岩場の登り口に置いてきたのを知っておろう」

「武士の子が木刀を携えんでどうする。琴平はおれと磐音の稽古を見ておれ」

慎之輔に突っ放された琴平が、

「意地悪をしおって。いいわ、おれは独りで遊ぶ」

と頂をぐるりと見て回ったが、三人が上ってきた南側の緩やかな傾斜の他はどれも垂直に切り立って足が竦むほどだ。

二人は木刀稽古を始めた。

慎之輔は磐音と琴平より一歳上ということもあり背丈が大きかった。

磐音は初めて木刀で打ち合ってみて、慎之輔が剣術の稽古を全くやったことがないことが分かった。磐音は、中戸信継に入門を、

「体が出来るまで待て」

と言われる以前から、坂崎家の家来の中で中戸道場に五年ほど通い稽古をする市来治五郎《いちきじごろう》に神伝一刀流の基を教わっていた。ゆえに慎之輔と遊びで木刀を構え合ったとき、力を見抜いた。そこで慎之輔の打ち込みを受けることだけに徹したのだ。

「磐音、さようにな、受けだけでは剣術は上達せぬぞ」

と木刀遊びに飽きた慎之輔が磐音に言い残し、崖っぷちにいる琴平の背後にそっと回って、

「わあっ！」

と大きな声を上げると、琴平が恐怖の動きでその場にへたり込み、

「し、慎之輔、お、おれを殺す気か」

と真剣な表情で怒った。その顔は真っ青で体は震えていた。

「琴平、怖いのか」

と言いながら慎之輔が岩場の縁に寄って下を眺め下ろし、

「磐音、これはなかなかのもんだぞ。琴平は小便をちびらしておるな」

と言った。

「慎之輔、無暗に友を脅《おど》すものではない。琴平が切り立った崖から落ちたら、えらいことだぞ」

と磐音が注意した。

「まさか、琴平がこれほど怖がりとは思わなかった」

と応じた慎之輔が、

「許せ、琴平」

と詫《わ》びた。

「慎之輔、おれは城下に戻ったら諸星道場に入門してな、おまえら二人を叩《たた》きのめしてやる」

岩場の縁からへたり込んだまま後ずさりしながら、琴平が言い放った。

「諸星道場の稽古は情け容赦ないというぞ。琴平は体付きが小さいのだ、年上の門弟に苛《いじ》められような」

慎之輔がだれから聞いたか、初めて聞く話を琴平にした。

「なに、諸星道場ではいじめがあるか」

琴平が磐音を見た。

「いじめかどうかは知らぬが、中戸道場より稽古も躾《しつけ》も厳しいのは真《まこと》のようじゃ。琴平、そなた、急ぐことはない。あと数年待っておれたちといっしょに中戸道場に入門せぬか」

磐音が教え諭《さと》すように言った。

「いや、おれは諸星道場に入門して、おまえらを打ちのめす」

「好きにせえ」

慎之輔が応じたとき、磐音が辺りを見回した。

「しまった。時が経つのを忘れておった。急がねば岩場下りの途中で暗くなってしまうぞ」

関前城下の西側の山並みと阿蘇越えと呼ばれる峠の向こうへと日が沈みそうなのに気付いて叫び、三人は慌《あわ》てて岩場の下り口に走った。

登り同様に磐音が先頭で、琴平を真ん中にしんがりを慎之輔が務めた。

なんとか日があるうちに岩場をおり切った三人は、水場の木桶に溜《た》まった石清水を磐音と慎之輔が下げて、漁師小屋へと急いだ。

「磐音、道を間違えるでないぞ。蝮のいる水辺に迷い込みたくないでな」

最後尾から慎之輔が先導役の磐音に注意した。

「おう」

と応じた磐音は、段々と暗くなる道を慎重に辿《たど》ってなんとか漁師小屋の裏手に出た。

そのときは、期せずして三人は安堵《あんど》の息を吐いた。

「なんとか戻ってきたな」

緊張と恐怖に身を固くしていた琴平が言った。

「琴平、安心はできぬ。火を熾《おこ》さねば一晩暗闇《くらやみ》で過ごすことになるぞ」

「な、なに、火種はないのか」

「琴平、魚島にはわれら三人しかおらぬということを忘れたか」

磐音は水を入れた木桶を漁師小屋の水甕の傍らに置き、悟助から聞いていた火打石の在りかをなんとか手探りで探した。そして、持物の竹籠に入れてきた蠟燭《ろうそく》と父が書き損じた紙と小割りを出すと、火打石を使い、細く割った割木に火打石の火を移そうとした。だが、火打石を普段から使いこなしたことのない磐音は、

なかなかうまくいかなかった。すると琴平が、

「中老の倅は火打石も使えんか、おれに貸せ」

というと磐音から火打石を取り上げて、割木を組み合わせて隙間《すきま》を造り、細かい木くずに火を飛ばして器用にも火を移すと、両手を口に持っていき、
ふうふう
と息を吹きかけた。すると割木に火が燃え移り、すでに真っ暗になっていた漁師小屋の室内を、ぼっとした灯りが浮かび上がらせた。

「おお、琴平も使い道があるな」

慎之輔が言い、

「未だ安心はできんぞ、慎之輔」

と応じた琴平が火を囲炉裏《いろり》へと静かに移し、小枝を火の上に組み合わせて載せた。しばらく無言の作業が続き、囲炉裏の枯れ木に火が移った。

「もう安心じゃな、助かった、琴平」

磐音が琴平に礼を述べた。

「鉄瓶《てつびん》があったな。水を入れて自在鉤《かぎ》に吊《つ》るせ。湯があるとないとでは夕餉《ゆうげ》が違うでな」

と琴平が二人の友に命じた。

「分かった」

と素直に受けた磐音と慎之輔が、三人の母親が倅たちに持たせた今晩の弁当、握りめしや菜を出した。三家の食い物を合わせると、焼き鯖、ゆで卵、ヒジキと油揚げの煮物、大根の漬物などなかなかの食い物が並んだ。

「豪勢な夕めしになったな」

琴平が早速ゆで卵を摑んだ。

「琴平、夕餉にすべて食するつもりか」

磐音が明日からの食い物を案じた。

「魚見山に登ったからな、腹がぺこぺこに減っておる。三人じゃからな、これくらい食えそうじゃ」

「明日からどうする」

「磐音、米を持ってきたと言わなかったか」

「おお、母上が一升五合持たせてくれた。それに梅干しとらっきょうもあるぞ」

「ならば明日は飯を炊けばよかろう。菜は魚を釣ればそれで揃う。漁師小屋の釣りの道具を借りよう」

琴平は食いものなど暮らしのことになると、慎之輔や磐音より承知していた。

小林家は、納戸頭二百五十石だが、豊後関前の藩財政が悪く、七年前より半知借上が続いていた。ゆえに小林家の二百五十石は実際には百二十五石だ。この禄《ろく》高《だか》で納戸頭の体面を保ち、代々の家来小者小女《こものこおんな》に俸給を出すとなると、一家は慎ましやかに暮らすしかなかった。子は琴平と妹の舞だが、三人目が今日明日にも生まれる予定だ。

小林家では、家計の事情を承知ゆえに年老いて止めた小者の代わりに、嫡男の琴平がなんでも手伝っていた。ゆえに暮らしの諸々を一番承知していた。

むろん御先手組組頭の河出家にしても、中老職の坂崎家にしても半知借上はいっしょだ。関前藩は豊かな海に面していながら、獲れた魚介類を地産地消するしか策がないため、参勤交代のたびにその費えをひねり出すのに苦労していた。

三家して豊後関前藩六万石の上士中士の家系でありながら、精々漁師の悟助らに、若様と呼ばれる程度が実態だった。とはいえ関前藩の中では食うに困るという家系ではなかった。

「琴平、おまえ、飯が炊けるか」

と慎之輔が疑いの言葉をかけた。

「おや、お二人の若様は飯が炊けぬか。おれなど屋敷では飯炊き代わりによう使われるぞ、飯くらい簡単に炊けんでどうする」

「驚いたな」

磐音が驚きの言葉を洩《も》らした。

鉄瓶が自在鉤にかけられた。かけたのは磐音だ。

「磐音、そなたのうちとわが家では内所が違うわ。武士の子が飯炊きをしては恥か」

「いや、違う。領民の暮らしを何事も承知しておくのが武士だ、と常々父上は言うておられる。琴平は飯炊きも出来れば、火も熾せる。大したものだ、感心したぞ」

「中老様の跡継ぎに褒《ほ》められたぞ。慎之輔、おまえはおれを褒めんのか」

「褒めるだと」

と琴平の問いをしばし思案していた慎之輔が、

「最前、おまえ、諸星道場に入門するというたな。諸星道場の入門料は高いと聞いたぞ。取り立ても厳しいそうじゃ。よう束脩《そくしゅう》が払えるな」

「慎之輔め、わが家の弱みを承知のようじゃな」

「なんぞ知恵があるのか」

「この話はしたくはなかったのだがな」

「われら友ではないか。お互い正直がいちばんだぞ」

「慎之輔、とは申せ、それぞれの屋敷には格別な事情もあろう。それを突いて曝《さら》すこともあるまい」

と磐音が止めた。

「まあな、家来衆のおよそはわが家と同じ、と言いたいが下士方は、藩には内緒で山に入って山菜をとったり、漁師の手伝いをしたりして、わずかなおこぼれに与《あずか》っておる。わが小林家などはまだよいほうじゃ。ところでうちに三人目の子が生まれるな」

「さようなことは今日だけでも幾たびも聞かされたぞ」

慎之輔が苛立ったように言った。

自在鉤にかけられた鉄瓶が沸いてきた。

「茶葉などない、湯でよいな」

と琴平が言い、二人が頷《うなず》いた。

握りめしを摑んだ琴平が、

「孫が生まれるというので、祖父や親類がなにがしか祝いの銭を包むそうだ。おれが生まれたときは、味噌《みそ》醬油代のツケに払われたようだ。こたびの三人目の祝金は、おれの諸星道場の入門料になるのだ」

「おまえは弟か妹の祝金をかすめとるか」

「そんなところだ。おれは体も小さいし、力もない。ゆえに早いうちから剣術の修行をしてな、藩の役に立ちたいのだ」

磐音も慎之輔も琴平の告白に動揺した。二人以上に関前藩士の家系であることを大事に思い、家のために少しでも早く役立とうとしている琴平に感心したのだ。

関前藩士の嫡男であることを、琴平の言葉によって磐音は初めて考えさせられた。だが、こんな言葉が後年、三人の上に悲劇として降りかかろうなどとは努々《ゆめゆめ》考えもしなかった。ただ、琴平の父親が病気がちなことがちらりと頭をかすめた。

三人は夕飯を黙々と食し始めた。

「琴平、嫌なことを質してすまなかった」

そんな最中、慎之輔が詫び、

「大したことではないわ、気にするな。おれは未だ恵まれておる」

と琴平が応じた。

「琴平、諸星道場にはいつ入門するのだ」

「魚島から戻ったら、おれの弟か妹が生まれていよう。そこでな、爺様に連れられて諸星道場を訪ねる。おれの爺様は諸星先生を承知なのだ」

琴平のいう爺様とは母方の祖父のことだ。

「もうそこまで決まっておるか」

「なにかあるのか、磐音」

「いや、もう言うても致し方あるまい」

「なぜだ、おれたちは心を許した朋輩《ほうばい》であったな、ならば言え」

磐音が沈黙した。三人の中でいちばん慎重なのは磐音だった。

「諸星道場は、厳しい指導ゆえ力を身につける門弟もおることは承知しておる。と同時に、厳しい教えで怪我《けが》を負ったり、片手が使えなくなったりした下士がいるとも聞いた。琴平、それを覚悟で入門するか」

「最前言うたな。おれはそなたらより体付きが小さいのだ。となればだれよりも早く厳しい剣術を習いたいのだ。もう決めたことだ」

「分かった。もうそなたの決めた道についてあれこれと言うまい」

と磐音が胸の中に浮かんでいた考えを仕舞い込んだ。

夕餉が終わった。

琴平が言ったように、三人で見事に母親たちが用意してくれた弁当をすべて平らげていた。その後片付けを三人で手分けしてやった。

磐音と慎之輔は、握りめしが入っていた重箱などを漁師小屋の下を流れる水場で洗うことにした。飲み水としては使えないが、洗いものや洗濯や体を拭《ぬぐ》う程度のことはできた。

三月の初めだ。月明かりは全くない。だが、その代わりに星明かりが流れに映ってなんとか洗いものができた。

一方琴平は漁師小屋にあった釜に米を入れて、岩場から汲んできた石清水で洗った。

「磐音、最前琴平に言い掛けたことはなんだ、おれに言うてみよ」

慎之輔が磐音に迫った。

「慎之輔、そなたに言うても致し方あるまい。もはや琴平の決心は固まっておるのだ」

「おれが聞いて得心すれば二人で説得できぬか」

「できまいな」

「言うだけ言うてみよ」

「三人そろってな、中戸先生に入門をお願いすれば、もしやしてこの歳での入門をお聞き入れ頂けるのではないかと思うたのだ」

と言った磐音が、慎之輔に懸念を質した。

「われらの中で体がいちばん小さな琴平が諸星道場でうまく修行ができると思うか」

「おれもそれを案じておる。だが」

と応じた慎之輔が言葉を途中で止めた。

「だが、なんだ。最後まで申せ」

「磐音、琴平はおそらく爺様といっしょに諸星道場を訪ね、入門しよう。だがな、ここからがおれが言いたいことだ。諸星道場の大人の門弟衆は知らぬが、家老の縁戚筋とか申す御番頭の倅、坂出《さかで》進太郎《しんたろう》という者が子供組を仕切っておるそうだ。おれは琴平の気性から察して進太郎と琴平がうまくやっていけるとは思えぬのだ」

磐音は暗がりの中で慎之輔を見た。

「なぜ早くそのことを琴平に言わなかった」

「琴平が頑固なことはそなたも承知していよう。あいつにおれがかようなことを言うてみよ、いよいよ琴平はいきり立って考えを変えまい」

慎之輔の考えも一理あると思った。

「もはや手はなしか」

「あいつが坂出進太郎とぶつかって道場を辞めるのを待つしかあるまい」

「坂出なる者はいくつだ」

「十四か五かな。力持ちのうえ乱暴者じゃそうな。あやつのために辞めた門弟が何人もいると聞いた」

「諸星先生はなにも申されないのか」

「そなた、諸星先生の人柄を知らぬのか。金好きなのだ」

「金が嫌いなものはおるまい」

「進太郎が新入りを苛めて辞めさせるのを承知でいながらなにも言わぬのは、新たに門弟が入ればそれで元がとれると思うておるからだ」

「慎之輔、よう承知じゃな」

「わしの叔父が諸星道場の古い弟子でな、父上に諸星先生の悪口をいうておるのを聞いたでな、承知だ。ただし、叔父もいい加減な人物ゆえ真実は分からぬ。だが、意外とあたっている気がする」

と慎之輔が言ったとき、

「おい、いつまで洗いものをしておる。こちらは米をとぎ終わったぞ」

と琴平の声がして、小柄な影が歩み寄ってきた。

「こちらも終わった」

と磐音が答え、

「琴平、独りで小便に行くのは怖いか」

と慎之輔が質した。

「怖いことがあるものか。だがな、厠に閉じ込められるのは敵《かな》わん。この流れの下で連れ小便せぬか」

と琴平が誘い、磐音と慎之輔の三人は浜辺近くに下りて、海に向かって放尿した。

三人の視界に灯りが見えた。

「御船手役所の灯りじゃな」

と琴平が言い、

「あちらからも漁師小屋の囲炉裏の火が見えるかのう」

と慎之輔がだれにとはなく聞いた。

「いや、雨戸を立てたで見えまい」

と琴平が言い、

「明日は魚島一周じゃぞ」

と磐音が予定を告げた。

三

朝七つ半（午前五時）、磐音は漁師小屋で起きると、そっと表に出た。まだ島の西側にある漁師小屋の浜からは日の出が見えなかった。だが、東の空に日の出の気配が見られた。

磐音は薄暗がりの中で木刀の素振りと脇差の抜き打ちを半刻ほど続けた。この三年ほど中戸道場の門弟市来治五郎から習っているものだ。

市来は磐音に、

「中戸先生は口を酸っぱくするほど、『どの流儀もいっしょじゃ、基をしっかりと身に着けよ』と申されます。磐音様に中戸先生の教えられた素振りや基の形をお教えします」

と毎朝、最初は遊び程度に、そして磐音が七歳になったころから真剣に教え込み、稽古も時に一刻《いっとき》（二時間）を超えることもあった。磐音は、その他に独り稽古を繰り返してきた。

市来が父の正睦《まさよし》に、

「磐音様は心から剣術の稽古がお好きのようです。好きこそものの上手なれ、と言われますが確かにそのとおりかと思います。あの歳で素振りの形はぴたりと決まってきました」

と報告したことを磐音は母から聞かされていた。

剣術が好きか、と問われれば磐音は素直に頷いたであろう。そして、中戸信継の神伝一刀流道場に入門できる日を心待ちにしていた。だが、体ができていない以上、あと三、四年は入門ができなかった。

磐音は市来に教わりながら独り稽古を繰り返すしかないと心に決めていた。

この朝も磐音は日課の剣術の基稽古をしたあと、魚見山から流れ出る水で顔と手足を洗い、慎之輔と琴平を起こした。

「もはや起きる刻限か」

寝床から上体を起こした慎之輔が土間に立つ磐音に言った。

「六つ（午前六時）の刻限は過ぎておろう」

と応じた磐音が琴平に起きよ、と命じた。

「未だ眠い。もう少し寝かせてくれ」

と願う琴平に、

「ならばそなたは漁師小屋で留守番をしながら飯炊きをしておれ。おれと慎之輔で島巡りをしながら、飯の菜を釣ってくるでな」

と磐音が言った。

「よし飯炊きは任せろ」

と琴平が半分寝たまま答え、また漁師小屋の夜具に潜《もぐ》り込んだ。

「磐音、釣り道具はあったか」

慎之輔が質した。

「それがな、漁師は網を使うで釣り竿《ざお》など一本もない。その代わり、魚を突く銛《もり》があった」

磐音が五尺ほどの竹竿の先に三叉の銛が装着された道具を見せた。

「よし、そいつを持っていこう」

磐音と慎之輔が漁師小屋を出ると最前より明るくなっていた。二人は西浜と呼ばれる漁師小屋の浜伝いに魚島を南に向かった。潮が引いていたこともあって、南側に回った岩場で磐音が蛸《たこ》を見つけて銛で突いて捉まえた。

「おお、これで立派な菜になるな」

慎之輔が腰に下げてきた竹籠に蛸を入れようとしたが、銛の先のモドリが刺さった蛸を外すのに二人は大汗を掻《か》いた。

「よし、土産《みやげ》は出来た」

磐音と慎之輔は、東浜へと向かった。

関前の南の内海に浮かぶ魚島の東浜は白砂の浜で、慎之輔は竹籠を潮水につけて誘った。

「磐音、泳いでみぬか」

「夏には早いぞ、水は冷たくはないか」

「いや、そうでもない」

二人は衣類を脱ぎ捨てると褌《ふんどし》一つになって海に浸《つ》かり、

「おう、いささか冷たいが気持ちが引き締まった。いいな」

「磐音、そなた、稽古を毎朝しておるのか」

「うちの市来が中戸道場の門弟ゆえ、基の動きを教えてくれるのだ。道場に入門が許されるまで未だ何年もあるでな」

磐音の言葉に頷いた慎之輔が首まで海水に浸かって立ち泳ぎをしながら、

「磐音、昨夜は琴平、諸星道場に入門すると頑固にいったが、あれは迷っておる証《あかし》だぞ」

と言った。

「分かっておる。だがな、琴平はこちらが『やめよ』と言えば言うほど、頑なになろう」

「そういうことだ」

二人は幾たびか交わした話をしながら浜へと泳ぎ戻り、

「しばらく様子を見るしかあるまい」

と磐音が慎之輔に言った。

磐音と慎之輔の魚島ひと巡りは二刻（四時間）以上もかかった。

周囲一里と少々と聞いていたが、岩場ばかりではなくいきなり崖地が海に入り込んでいて、二人は崖をよじ登って北側の浜へと移動せねばならないところもあって、難儀した。島巡りの間に蛸の他に味噌汁に入れて食べる名も知れぬ貝を岩場で採った。

二人が漁師小屋のある西浜が見える場所まで戻ってきたとき、腹はぺこぺこだった。

「あれ、悟助の舟がもう来ておるぞ」

慎之輔が西浜の岩場に舫《もや》われた漁り舟を見て言った。

「いや、あれは悟助の舟ではない。漁師のたれぞが漁師小屋に来たか」

磐音は漁師小屋に泊まることは悟助に断っていた。だから、悟助の朋輩が様子を見に来てもおかしくないか、と思った。

そのとき、漁師小屋の中から琴平の声が聞こえた。

「おれは諸星道場に入門するのだ。なぜおまえらに挨拶しなければならない」

「諸星道場の年少組を任されておるのはこの坂出進太郎だぞ。おれがおまえの腕を試してやる」

昨夜慎之輔から聞いていた諸星道場の坂出進太郎がなぜ魚島に姿を見せたか、磐音にも慎之輔にも分からなかった。

「あやつが昨夜《ゆうべ》話した坂出進太郎じゃぞ。なぜあやつらが島に来ておるのだ、磐音」

「分からん」

と磐音が答えたとき、

「おい、このちびを表に引き出せ」

と同じ声が命じた。どうやら坂出進太郎は仲間といっしょに魚島に来たようだ。

「どうするな、磐音」

「話してみよう」

磐音は銛を手に漁師小屋に急ぎ戻ると、ちょうど二人が琴平の手を取って漁師小屋から引き出してきたところだった。

「なにを致す」

磐音が落ち着いた声で琴平の手を摑んだ二人を見た。一人は磐音にも見覚えがあった。関前藩の下士の倅、姓は知らぬが仲間から朋吉《ほうきち》と呼ばれていたことを思い出した。

「ああ」

朋吉が磐音を見て洩らした。磐音が中老の嫡男と承知しているのだ。

「なんだ、朋吉」

と三人を押し出すようにひょろりと背の高い少年が姿を見せた。顎《あご》がしゃくれた顔を磐音はどこかで見たような気がした。祭礼か朝市か、そんな折に擦《す》れ違ったのだろう。

「中老どのの倅か」

「わが友、小林琴平になにをなそうというのです」

「こやつがあちこちで諸星道場に入門すると吹聴して歩いておると聞いたで、腕試しをしようと思うたのだ」

「おれは吹聴などしておらぬ。爺様が喋《しゃべ》ったかもしれんがな」

と琴平が言い訳をして、磐音を見た。

「坂出進太郎どのか」

「おお、おれの名を承知か」

「道場に入門する者の力を見るのは師匠の諸星先生だけのはずじゃ。なぜ門弟のそなたがかような場所まで押しかけて腕試しなどをしようというか。本日のことは見逃がそう、このまま引き上げなされ」

磐音は六歳年上の進太郎に言い放った。

「中老の倅と思うて、生意気な口を利《き》くでない。痛い目に遭《あ》わぬうちに島を去《い》ね」

進太郎が磐音に命じた。

「われらは漁師に断ってこの島におるのだ。そちらこそ早々に立ち去りなされ」

磐音は一歩も引く気はなかった。

「おもしろい。このちびの代わりにそのほうがおれと立ち合うか」

「なぜそなたと立ち合わねばならぬ」

「おれの行動に文句をつけた以上、力で決着をつけるのが侍の作法だ」

進太郎が言い張った。

磐音は朋吉を見た。

「そなた、朋吉というたな、琴平の腕を離しなされ」

九歳の磐音が年上の者に向かって厳然たる態度で命じた。朋吉が進太郎と磐音を交互に見て、琴平の腕を離した。

「朋吉め、おれの命に反しおったな。あとで泣きを見るぞ」

進太郎が朋吉を睨《にら》み、琴平がもう一人の相手から強引に腕を引き抜いた。

進太郎が漁師小屋の前の庭に進むと刀の柄《つか》に手をかけた。この六人の中で大小を腰に差しているのは坂出進太郎だけだった。

磐音は三叉の銛を慎之輔が持つ木刀と交換した。

「よいのか、相手は六つも七つも年上だぞ」

「致し方あるまい。ただしわれら若年とはいえ領内で刀を抜いて立ち合うのは殿様の意向に背く、差し障《さわ》りがあろう。木刀なれば稽古とみなされよう」

と答えた磐音が進太郎に向き合った。

「なんだ、腰の刀はかざりものか」

進太郎が蔑《さげす》んだ言い方をした。

「そなたらが乗ってきた舟は漁師舟じゃな。だれに許しを得て借り受けた」

「城下の漁師どもの持ち物は城の持ち物と同じじゃ。だれに断る要があろう」

「坂出進太郎、その歳になって世のことわりが分からぬか。漁り舟は漁師が生きていくための大事な道具だぞ。それを断りもなしに持ち出したとなれば、進太郎、朋吉、もう一人の者、盗みである。城下に戻れば町奉行所に調べられような、その覚悟があってのことか」

朋吉ともう一人の仲間が悲鳴を上げた。

「愚かものが」

磐音が進太郎の顔を正視しながら吐き捨てた。

「おのれは、武士のおれに向かって盗人よばわりを致したな、もう許さぬ。中老の倅だとて、叩き切ってくれん」

怒りに任せて進太郎が大刀を抜いた。とはいえ抜き慣れていないことはその動作を見て磐音は察することができた。

「坂出進太郎、そなた、武士と言うたが武士が刀を抜くことがどういうことか承知か。赤穂《あこう》藩浅野の殿様は江戸城で怒りに任せて、吉良様に斬《き》りかかった。その曰くは別にしてお家断絶、身は切腹の沙汰《さた》が下った。武士の刀とはそういうものだぞ」

九歳の磐音に朗々と言い聞かされた坂出進太郎は、いよいよ逆上して大刀を上段に構えた。

「河出慎之輔、小林琴平、また朋吉、もう一人の朋輩、この坂出進太郎がどのような理由《わけ》で刀を抜き、木刀の坂崎磐音に斬りかかろうとしているか、とくと見ておけ」

磐音の言葉は慎之輔らにも向けられた。

「確かに見たぞ。諸星道場の道場主の断りもなしに、入門を望む九歳の小林琴平の腕試しをしようとして、坂崎磐音に止められ、刀を抜いたことをしかと見たぞ」

と慎之輔が言い、

「おう、おれも見た。磐音は脇差を抜いてもおらず、慎之輔の木刀を借りたこともこの場の皆が承知じゃ」

琴平までが磐音と慎之輔の言葉に乗っかり、言い放った。

「おのれ、おのれが」

と言いつのり、錯乱した進太郎がひょろりとした体の上に突き上げた大刀を振り下ろしながら磐音に迫ってきた。

その瞬間、磐音が大胆にも踏み込み、手にしていた木刀を進太郎の脇腹に強《した》かに叩きつけた。

ぎゃあー

と絶叫した進太郎が刀を手から落とすとその場に転がった。

「い、痛いぞ、骨が折れたぞ」

進太郎がその場に転がりながら喚《わめ》いた。

「朋吉、そなたの姓はなんだ」

「山崎《やまざき》朋吉、親父は日向《ひゅうが》道番所の下士山崎次平《じへい》です」

「もう一人の朋輩は」

「親父ですか。下士臼杵《うすき》口番所詰伊藤与五郎《いとうよごろう》です」

と二人目が答えた。

「そなたの名は」

「伊藤与助《よすけ》です」

「山崎朋吉、伊藤与助、この者を漁り舟に乗せて対岸の御船手役所に運んでいけ。要あらば役所の方々が医師のもとへと連れていかれよう」

「坂崎様」

朋吉が年下の磐音を敬称をつけて呼んだ。

「なんだ、わしらは舟盗人で役人に調べられるのか」

「この場のことは正直に申し述べよ。そう致せば、われらのほうから訴えることはない」

「坂崎様、見たことを話す、正直に話す」

朋吉が言い、与助も大きく頷いた。

「よし、こやつを舟に運べ」

「進太郎さんは背が高い、わしら二人では無理じゃ」

と与助が泣言を言った。

「致し方ない、琴平、慎之輔、手伝ってやれ」

そう命じた磐音は未だ悲鳴を上げる進太郎の腰から大刀の鞘《さや》と脇差を抜き、落ちていた刀を鞘に納め、下げ緒で大小をいっしょに巻いた。

四人で進太郎の体を引きずって浜に下ろした。

磐音は漁り舟の上に大小を投げ上げると、四人を助けて進太郎を漁り舟に抱え上げた。その間にも進太郎はぎゃあぎゃあと騒いでいた。

そんな様子を琴平が冷たい眼差しで見ていた。

朋吉と与助が乗り込み、磐音が漁り舟を浪間へと押し出した。櫓《ろ》を握った二人が、磐音に向かってどのような意味か、
ぺこり
と頭を下げた。

漁り舟から進太郎の悲鳴が、

「死ぬぞ、おれは死ぬぞ、朋吉」

と聞こえてきた。

「あの程度の打撲で死ぬものか。荒い波を乗り越えてゆっくりとな、御船手役所に運んでいけ」

と琴平が唆《そそのか》すように言った。

「琴平、すべてはおまえが諸星道場に入門するなどと決めたことがかような騒ぎを生んだのだぞ。琴平、未だ、諸星道場に入門する気か」

慎之輔が琴平に質した。

「止めた。おれは磐音らと一緒に中戸道場に入門することにした」

慎之輔が磐音を、

(うまくいったではないか)

といった顔で見た。だが、磐音が口にしたのは、

「琴平、飯の仕度はできておろうな。われら味噌汁の具と蛸を採ってきたぞ」

という言葉だった。

翌日の昼過ぎ、悟助の漁り舟が魚島に磐音ら三人を迎えにきた。

「若様方、えらい騒ぎじゃったな」

と磐音らに言った。

「騒ぎとはなんだな、悟助」

「坂崎の若様、諸星道場の悪たれどもを懲《こ》らしめたのであろうが。連れの二人が

御船手役所で聞かれもせぬのにべらべら話したものだからよ、城下じゅうにあほたれどもの行状はすべて知れ渡ったわ」

「呆《あき》れた」

と言ったのは琴平だ。

「小林の若様、おめえ様のところも大騒ぎだぞ」

「えっ、おれが諸星道場に入門しないというので、道場から文句が付いたか」

悟助が琴平から磬音に視線を移した。

「悟助、三人目は男か女か」

「玉のようなお姫様じゃそうな」

「琴平に妹がもう一人生まれたか。悟助、われらを急いで城下に戻してくれぬか。琴平のお姫様の顔を見に行かんとな」

「ならば、坂崎の若様、城の岬を回ってな、風待湊《みなと》から須崎川を上がろうか。さすれば小林様の屋敷に近いでな」

「頼もう」

悟助の櫓で、漁り舟は白鶴城の桜がはらはらと散る関前の内海をゆったりと過《よぎ》っていった。

四

白鶴城の岬を回り込んだ悟助の漁り舟が、磐音ら少年三人を乗せて北側の内海、風待湊を西北へと進んでいくと、須崎浜の松林が石ころの浜の向こうに並び、その間に須崎川の河口が見えてきた。風待湊沿いの浜道は浜通りと呼ばれていた。

風待湊の周りもあちらこちらに薄紅色の桜に彩られて、ふだんこのようなところに桜の木があったかと思うところに、この時節だけ花を咲かせて誇らしげにその存在を示していた。春の陽射しに白や薄紅色の灯りが点《とも》されたようで、海も空も山も城下も明るかった。

「こんな美しい季節に生まれた琴平の妹じゃが、季節敗けしておかめではないか」

河出慎之輔が冗談口を叩いた。

「姉の舞はあれほど愛らしいのだ。妹が桜に負けぬくらい可愛い娘であることに間違いない」

と磐音が反論した。

慎之輔が幼い舞を格別に想っていることを磐音は承知していた。慎之輔にも磐音にも未だ兄弟姉妹がいなかった。

「兄の琴平だけなぜこのように頑固もんかのう、磐音」

魚島の一件、諸星道場に独りで入門をすることを決めた琴平を思い出させた。

「慎之輔、琴平が頑固なのと妹たちが見目麗《みめうるわ》しいのは関わりがあるまい。それに琴平は諸星道場に入門することを止めたのじゃぞ」

「頑固な気性でないならば、直ぐに気移りする気性は大人になれば直りそうか」

「さあてそればかりは分からぬな」

と磐音が答えた。

そんな二人の会話を珍しく琴平が黙って聞いていた。

「琴平も二人目の妹がおかめじゃと気にしておるぞ」

慎之輔が琴平を挑発した。だが、琴平が慎之輔に応じる気配はなかった。

「どうした、蛸を食い過ぎて腹でもいたいか」

須崎浜の松林の西は漁師町で、浜に漁り舟が揚げられていた。そんな浜通りに口を開けた須崎川の河口に、悟助が巧みに舳先を入れて一石橋《いっこくばし》の下を潜《くぐ》った。

すると須崎川の両岸は町屋が続き、見返橋までの数丁は撞木町《しゅもくちょう》、須崎町の遊里や酒場が軒を連ねていた。

慎之輔は漁り舟に立ち上がり、

「侍の子が立ち入ってはならぬのが須崎川河口の両岸じゃぞ」

と父親に厳しく戒《いまし》められている両岸を見上げた。だが、未だ刻限が早いせいか、派手な提灯《ちょうちん》は点されていなかった。

見返橋の先で本流の須崎川に九十九川が流れ込み、二股の間にある河端町にも遊里や茶店があった。だが、こちらは撞木町や須崎町より遊び代が高く、藩士でも重臣か関前広小路の大店《おおだな》の主《あるじ》や番頭が、

「藩御用とか商いごと」

と称して遊ぶ場所だった。だが、磐音らは須崎川の河口一帯が大人の遊び場と承知していたが、格式の違いまでは分かっていなかった。

「慎之輔、見返橋の色里に在所から娘が買われてきて働いておるのを知っておるか」

と最前から黙っていた琴平が口を開いた。

「ほう、小林の若様はよう在所のことまで承知じゃのう」

と海から川に移り、どことなくほっとした体《てい》の悟助が琴平に聞いた。

「うん、たれぞが言うておった。在所は城下より暮らしが苦しいそうじゃとな」

「若様方、いかにもさようでございますよ。なにしろ魚を獲ろうと山で茸《きのこ》を採ろうと売り先はねえ。自分のところの食い分でおわりだ。飢えないだけでよ、銭を稼ぐあてがねえだよ、若様方」

「それで在所から娘たちが須崎川の色町に売られてくるか」

「河出の若様、そういうことだ。在所の暮らしというても、爺様が病もすれば家の者は季節の変わり目に古着の一枚も要《い》るだ、そんなわけで銭は要るだよ。男は売れぬが、娘は銭になるだ」

磐音には初めて聞く話だった。

「関前藩は海あり、山ありて豊後では恵まれた城下」

と聞いて育った。だが、城下と在所では事情が全く違うことを悟助の言葉で知らされた。

「琴平、なぜさようなことを言いだした」

慎之輔が琴平に質した。

「妹が二人になった。二人が幸せに育ってほしいと考えたら、須崎町の娘たちのことを思い出した」

「琴平、そなたの家は関前藩の藩士の家じゃぞ。在所の娘といっしょになるか。そなたの妹たちが大きくなってな、おかめ顔で嫁のもらい手がなければ、おれと磐音がもらってやろう」

「慎之輔、いいかげんなことをいうな。そなたらに妹を嫁にやるものか」

琴平がむきになって言い返した。

「ふーむ、こんな兄じゃでも妹のことは気になるらしい。どうだ、磐音、姉でもよい、妹でもよい、琴平の妹をもらわぬか」

「琴平の妹たちは犬猫ではない。慎之輔、軽々しい口を利くでない」

磐音が慎之輔をたしなめた。一歳年下の磐音だが、磐音には持って生まれた威厳があることを慎之輔も琴平も承知していた。そして、魚島で坂出進太郎を一撃で叩き伏せた磐音の手並に友の二人は敬服していた。

「おお、さすがに中老の跡継ぎどのだな、まるですでに中老様のような口を利きおるわ。まあ、武家方はどのような時世にも安泰であろう。のう、中老どの」

と一歳年上の慎之輔が茶化しながら磐音に聞いた。

「慎之輔、関前藩がいつまでも安泰ということがあるものか。武家方のおれたちとてなにが起こるか知れぬぞ」

磐音が言った。

「関前藩は六万石の大名だぞ。大名家が潰《つぶ》れるということがあるか」

「慎之輔、殿様が江戸に参勤交代のたびに道中の費えに苦労しておられるのを承知か」

磐音が慎之輔に質した。

「なに、殿様もお金に苦労しておられるか」

すると慎之輔の代わりに琴平が応じた。琴平は在所の娘の難儀は分かっていても、関前藩の財政まで推量することは出来なかったか。

「うちの家禄は三百八十石だが、半知借上で百九十石の実入りしかない。借上といいながら、藩が借り上げた家禄が返ってくることはないのか、磐音」

慎之輔が磐音に問うた。

「おい、慎之輔、お城の金蔵には千両箱が積んであろうが。うちの百二十五石の何年分はどうなる」

「うん、御金蔵はすっからかんと聞いたことがある。あきらめよ」

慎之輔がどこから聞き齧《かじ》ったか、最前口にした、「安泰」という言葉とは反対のことを言った。

「慎之輔、不確かなことを口にせぬほうがよい」

　磐音が注意した。

「磐音、われらは年来の友ではないか。だれが言い付けるものか」

「河出の若様、わしがおりますぞ」

　悟助の言葉に慎之助が驚きの顔で、

「悟助。告げ口するか」

　と不安げな声で質した。

「わっしらは漁師じゃ、魚を獲ることしか能はねえ。お侍の言葉は右の耳から左の耳に聞き流せと死んだ爺様に教わっただ。だからよ、告げ口なんぞしねえ。それでも坂崎の若様の言葉は大切なこった。だれがいつなにをなすか分からぬご時世じゃからな」

　と悟助が幼い三人に注意した。

「わ、分かった」

　慎之輔が悟助に言った。

「若様方三人、今は仲良しだな。いいかな、何年もしたら若様方は関前藩のお侍として奉公に出るだ。わしの歳になるまで仲良うして、在所の娘が売られないでよ、暮らせる世の中にしてくだせえよ」

悟助のしみじみとした言葉は、三人にとって、特に磐音にとって胸の中に刻み込まれ、後年になって幾たびも思い出すことになる。

「おお、阿蘇越えの橋にかかったぞ」

悟助が三人に、納戸頭の小林邸や河出邸のある西屋敷町近くに到着したことを告げた。

「坂崎の若様、ここで待つかね」

と悟助が聞いた。

中老の坂崎家の屋敷は南の内海に近い外堀屋敷町にあった。

大手門から遠い屋敷小路の河出家や小林家とはだいぶ離れていた。家禄の違いもあり、中老職の坂崎家は大手門外の大手橋から一丁も離れていない城近くにあった。

「悟助、私ならば歩いて戻れる。先に戻ってくれぬか」

悟助に言った磐音たちは漁り舟から土橋際に上がった。

納戸頭の小林家は西屋敷町と呼ばれる一角にあった。河出家は東西に抜ける屋敷小路を超えた一角にあり、近かった。

初めて会う妹のことを案じてか、琴平の足が屋敷近くになり早くなった。

「ただ今戻りました」

冠木門《かぶき》の前で叫んだ琴平が、草履《ぞうり》を式台前に乱暴に脱ぎ捨てて奥へとそそくさと姿を消した。

昼下がりの刻限、武家地は静かだった。

慎之輔と磐音は庭から縁側へと回り込むことにした。三人は互いの屋敷を行き来してお互いの屋敷の佇《たたず》まいを承知していた。

小林邸の敷地は三百余坪、母屋と奉公人の長屋の他に百坪の庭があって、母屋の縁側に接していた。ゆえに慎之輔と磐音は、庭へと回り込んだのだ。その他、小林家の残りの百余坪は菜園になっており、小林家の身内の小者小女など十数人の口を満たしていた。

慎之輔が母屋の縁側に行くと、琴平が母親の鶴女《つるじょ》といっしょに休む赤子を覗きこんでいた。その傍らには赤子の姉の舞がいた。

「舞、どうだ、赤子は可愛いか」

慎之輔が聞いた。琴平が、

「舞、慎之輔はな、おまえに似て、妹はおかめの顔の赤子と言うたぞ」

五歳の舞がきっとした視線を慎之輔に向けた。

「舞に似ておかめの顔かどうか、よく見てください、しんのすけさま」

と舞が言った。

「舞、おれはさようなことを本気で言うたわけではないぞ、冗談でな、言ったのだ。のう、磐音」

とその場にいるはずの磐音を振り返った。だが、磐音の姿はなかった。

「どうした、磐音は」

琴平が聞いたとき、庭に磐音の姿が現れた。

「どうしておったのだ、厠か」

慎之輔が聞いた。

「そうではない。赤子を触ってよいならばと、井戸端で手足と顔を洗ってきたのだ」

母親の鶴女に、

「さすがに坂崎磐音様ですね。琴平、慎之輔どの、手を洗ってきなされ」

と命じられた二人が慌てて井戸端に走っていった。

母親が小女を呼び、縁側に自分の座り場所を造るように命じた。

寝床から親子が縁側に移るまで磐音は庭の桜を見ていた。

小林家の三代か四代前が植えたという桜はごつごつとした太い幹を見せていたが、満開の花が白く小山のように咲き誇っていて見事だった。そして、風が吹くと、
はらはら
と花びらが舞った。

井戸端から慎之輔と琴平が水でも掛け合っているのか、騒ぐ声がした。

「磐音様、どうぞ」

鶴女が磐音に声をかけた。

寝巻の上に羽織をかけた鶴女の膝《ひざ》に、赤子が抱かれていた。

磐音は縁側の沓脱《くつぬぎ》石に乗り、赤子を覗き込んだ。

赤子というが、白い肌の赤子だった。黒い髪がしっかりと生え、目鼻立ちが姉の舞よりも整っているように思えた。

舞が磐音とは反対側から妹を覗き込み、

「いわねさま、わたしと同じくおかめなの」

と不安げな声で質した。

「舞、慎之輔は冗談を言うたのだ、そなたのことも愛らしいと思うておる。みよ、舞に似て赤子も愛らしい顔立ちだぞ。かように美しい赤子はそうそう城下におるまい」

「母上、まいはいわねさまが大好きです」

舞がにっこりと笑って母親に言った。

「舞、磐音様はそなたの兄の琴平と同じ歳ながら中老様の嫡男です、子供であってもちゃんとした考えをお持ちです」

「鶴女様、赤子の名はなんと付けられましたか」

「磐音様、奈緒《なお》と名付けました。なは奈良の都の奈にして、おは刀の下げ緒の緒にございます」

「弥生三日のひな祭りに生まれた奈緒、ですか。よい名です」

磐音はそっと指先を差し出して奈緒の頰《ほお》に触れた。すると赤子が手を動かして磐音の指先を摑んだ。なんとも柔らかい感触だった。

「なんということが」

奈緒はしっかりと磐音の人差し指を小さな手で握っていた。

「母上、なおがいわねさまの手にふれています」

「どういうことでしょうね」

「なおもいわねさまが好きなのです」

「そうかもしれませんね」

鶴女が言うところに琴平と慎之輔が大騒ぎしながら庭先から姿を見せて、

「母上、どうしました」

「奈緒が磬音様の手を握っております」

「奈緒ってだれです」

「奈緒はそなたの妹ですよ」

「奈緒と名付けられましたか。舞に奈緒か。慎之輔、磬音、おれの妹をそなたらの嫁にせよ」

と琴平が言うと慎之輔が即座に、

「断る。妹の兄が琴平なのが気に入らん」

と応じた。

そんな会話をよそに磬音はそっと奈緒に指を触らせていた。それを見た琴平が、

「奈緒は磬音が好きなようじゃ、母上」

「磬音様も兄がそなたでは嫁にもろうて下さいますまい」

鶴女が微笑《ほほえ》みながら尋ねたものだ。

「どうですか、いわねさま」

と舞が聞き、

「あと何年かした折、奈緒の気持ちを聞いてみましょう」

と磬音が答えた。

「そうでした、琴平。爺様がそなたを諸星道場に連れていくと言うておりました。そろそろお見えになるのではありませんか」

「母上、諸星道場の入門は取り止めました」

「なんですと、そなたは奈緒の祝金を諸星道場の束脩にしても入門するとあれだけ我を張っていたではありませんか」

「母上、止めたのです」

「どのように爺様にお断りすればよいのです」

「中老の跡継ぎ坂崎磬音の忠言を聞いての変節だと爺上に言うて下され」

鶴女が磬音を見た。

「鶴女様、これにはいささか事情《わけ》がございます」

と応じた慎之輔が、鶴女に説明してよいかという顔で磬音を見た。

「ならぬ。この一件、琴平の一存である。よいな、慎之輔、琴平」

奈緒に指を握らせたまま磐音が静かな声音で説くように言った。

「わ、分かった」

慎之輔が言い、しばし三人を見ていた鶴女が、

「磐音様が承知で琴平が諸星道場に入門しないのであれば、奈緒の祝金が奈緒のために使えます。磐音様、ありがとうございました」

と磐音に礼を述べた。

この日、小林邸からの戻り道、磐音は左手の人差し指を右手で覆うようにして、外堀屋敷町の屋敷までゆっくりと歩いて戻った。
途中、関前広小路の真ん中に疎水が流れる道があり、いつもなら疎水の清水に手を浸けるのだが、この日は奈緒の匂《にお》いが残る指をそのままにしてわが屋敷に向かった。
そんな磐音の眼差しに、御馬場の桜並木から風に散る桜の花びらが、まるで春の雪ででもあるかのように、
はらはら

と散りかかった。
宝暦《ほうれき》四年（一七五四）三月三日、夕暮れ前のことだった。

第二話　梅雨の花菖蒲

一

磐音は霖雨《りんう》を見ていた。

梅雨の時節の雨だ。もはや何日もしとしとと降っていた。

磐音は母屋の縁側で刀の手入れをしながら、梅雨の雨にうたれる泉水を見ていた。

花菖蒲《しょうぶ》がしっとりと清々《すがすが》しい花を咲かせていた。

人の来し方には喜びの日もあれば哀《かな》しみのときもある。長雨に打たれた菖蒲の花は、苦難の歳月を耐えて、それでもひっそりと生きている女の生き方を想わせた。

磐音の脳裏に不意に一つの光景が思い出された。
五十余年も前の出来事だ。
豊後関前の外堀屋敷町の坂崎家で起きた小さな出来事だった。
ふっ
と息を吐いた磐音は、
（そんなこともあったか）
と雨に打たれる花菖蒲を見ながら過ぎし日を思い出していた。

坂崎家に小林琴平が二人の妹を連れて遊びにきた。舞が八歳、妹の奈緒が四歳の夏だった。琴平は始終坂崎家や河出家へ顔を出したが、妹を連れて訪れたのは初めてだった。

磐音が使いを立てて琴平を坂崎家へと招いたのだ。

未だ坂崎家には、磐音の妹の伊代《いよ》が生まれていなかった。磐音の母親の照埜《てるの》が二人の姉妹を自分の部屋に連れて行き、次の子（照埜は娘と信じていた）が生まれたら遊ばせようと用意していた着せ替え人形など、姉妹が好奇心を抱きそうなものを出して関心を惹《ひ》こうとした。姉の舞は照埜に従ったが、奈緒は兄と磐音がいる庭に残りたがった。じりじりと照り付ける陽射しのした、泉水につがいの鴛《おし》鴦《どり》が泳いでいる光景を見ていた。

「まだ慎之輔は参らぬか」

琴平が言った。

潮風が吹き抜ける坂崎家の庭は、中老職だけに河出家や小林家の敷地以上に広かった。白鶴城の大手門の外堀の石垣に一角を接し、南側を宋道院《そうどういん》の塀で仕切られていた。藩主や重臣の菩提寺《ぼだいじ》がある寺が続く界隈《かいわい》だ。

「もうそろそろ姿を見せてよかろう」

と応じた磐音が、

「妹二人を連れてようも遠出をしてきたな。やはり兄ともなると妹たちの面倒を見ねばならぬか」

「そうではない。おれも妹二人を連れて外堀屋敷町に徒歩《かち》で来たくはなかった。ところがな、奈緒が磐音のところに行くならば奈緒も連れていってくれ、とせがむのだ。それを聞いた母上が妹二人を伴っても、坂崎家に迷惑はかけますまい、連れていきなされ、と言い出してな、嫌々連れて参った。やはり迷惑だったか」

「いや、そうではない。うちは男のおれ一人だ。母上は舞や奈緒を見て、羨《うらや》ましそうにも喜んでおられたわ。時々連れてこい」

「妹二人を連れて広小路を歩くのはじろじろと見られてな、なんとなく照れくさいぞ。本日は格別と思え」

と琴平が答えたところに、額に汗を光らせた河出慎之輔が庭から姿を見せた。

「慎之輔、門から入って来なかったか」

「宋道院の塀の間を乗り越えて参った」

「琴平は近頃さような真似をしないと思うたら、慎之輔がしおるか。よいか、これからは門番のおる門を通ってわが家へ参れ」

「中老邸の門番はいかめしいでな、つい塀を乗り越えた。なに、琴平は門を入ってきたか」

「舞と奈緒を連れてきたのだ。塀を乗り越えさせるなどできるか」

「舞はもはや一人前の娘じゃからな」

慎之輔が舞の名を出してそう答えた。

「ともかくじゃ、これからは表門から堂々と入って参れ」

磐音の言葉に二人の友が頷いた。

「ところで使いなど立てて呼び出しとは何事か。まさかなんぞ馳走《ちそう》をしてくれるというのではあるまいな。わが屋敷など粗末な食い物しか口にしておらんでな。そなたの家には異国到来の甘いものなどがあるからな」

と琴平が言った。

台所か、照埜と舞の声が響いてきた。

「母上は娘が欲しくてしようがないのだ」

照埜は懐妊しており、お腹《なか》が目立ち始めていた。

「で、われらまで呼んだのか」

慎之輔が磐音に言った。

その問いに磐音はしばし答えるのに間を置いた。

「どうした、えらく勿体をつけておるではないか」

と琴平が催促した。

「喜べ」

と磐音が短くも言った。

「喜べじゃと、なにを喜べというのか」

「昨夕、中戸信継先生がわが屋敷に見えてな、父上に、われら三人の入門を許したい。ついては明後日、道場に稽古着で参られたしと言うていかれたのだ」

おおー！

と二人の友が喜びの声を上げた。

「長いこと待たされたがようやく入門が叶《かな》うか」

と慎之輔が言った。

「そうとは決まっておらぬ、慎之輔」

「どういうことだ、磐音」

と琴平が質した。

「朝、われらの力量を中戸先生が見極められるのだ」

「なに、試しに受からねば入門はなしか」

と愕然《がくぜん》とした顔付きの琴平が磐音を見た。

「まあ、かたちばかりと思うがな。それでも中戸道場の入門者はすべて中戸先生の試しを受ける決まりだそうだ」

「試しとはどのようなものか」

不安になったか琴平が尋ねた。

「中戸先生は礼儀を心得た人柄を好まれるそうだ」

「ならばわれらはなんの差し障りもあるまい」

と琴平が言い出した。

近ごろ三人の中で一番悪戯《いたずら》を繰り返すのが小林琴平だ。他家の飼い犬の体を古びた米俵に入れて顔だけ出してつないでいたり、関前広小路の疎水をせき止めて通りを水浸しにしたり、あれこれと思い付くことを繰り返していた。

「琴平、おれはそなたを案じておる」

と慎之輔が言った。

「ほう、なぜだ」

「道場では悪戯など許されぬ」

「おれはもはや悪戯は卒業した」

「昨日、屋敷小路の灯籠《とうろう》にネズミの死骸を括《くく》りつけたのはだれだ」

「うん、慎之輔、見ておったか」

「琴平、さような子供じみた悪戯を中戸先生は許されまい」

「よし、本日ただ今から悪戯は止めた。それでよいな、磐音」

磐音と慎之輔が顔を見合わせた。

「なんで信じぬのか」

「その手の言葉は琴平の口から幾たびも聞かされたでな」

と磐音が答え、

「ともかく道場に入ったら、床に正座して見所《けんぞ》と神棚に拝礼するのだ」

「なんだそんなことか」

と琴平が磐音に応じた。

「磐音、琴平に行儀作法を言うても役に立つまい。師範代の代々木権三郎《よよぎごんざぶろう》様がな、礼儀知らずはびしびしと竹刀《しない》で叩くそうだ。代々木師範代はばか力と評判の人じゃ、琴平には言葉より代々木師範代の竹刀じゃな」

慎之輔はだれに聞いたか、そんな話をした。

「代々木権三郎様は、徒士《かち》組ではなかったか。関前神社の祭礼で何十貫もある石灯籠の土台を持ち上げた主じゃぞ」

とこんどは当の琴平が言った。

「ちびの琴平など道場の庭から須崎川の流れに投げ込まれよう」

「ま、待て。大雨のあとの須崎川に投げ込まれてみよ、おれは泳ぎが得意ではない。直ぐにおぼれ死ぬぞ」

と琴平が慌てて、

「どうすればよい」

「琴平、それがしの真似をせよ」

と磐音が言った。

「うむ、磐音の真似をすればよいのだな。試しは受かったも同然だ」

「琴平、これからが本式の試しじゃ。われらがどの程度の力か、技量を持つか中戸先生が見られるのだ」

「力じゃと、遊びならばいつまでもやれるがな」

と琴平が新たに戸惑いの顔を見せた。

「慎之輔、そなたは素振りの稽古をしているというたな。相手は琴平か」

「磐音、琴平が相手になるものか、ただ木刀を振り回すだけだぞ。おれはうちの家来に素振りの稽古を習っておるのだ」

「ほう、それは知らなかった。それがしに見せてくれぬか」

「なに、年下のそなたに素振りを見せよじゃと」

「いやか」

「いやではないが、まさか中戸先生の試しの前に磐音の試しがあるとは思わなかった」

慎之輔は三年前、魚島で磐音が見せた早業を思い出して答えた。

「よし、庭でよかろう。竹刀は縁側に三本おいてある」

と磐音が沓脱石の上に下りて検分する格好を見せた。

致し方ないといった体《てい》の慎之輔が竹刀を選んで一本を手にした。すると琴平まで竹刀を手にした。

水辺では奈緒が飽きることなく鴛鴦のつがいが泳ぐ姿を見ていた。

「それがしが中戸先生と思え、慎之輔」

「なに、磐音が中戸先生か。まあ、致し方ないぞ、慎之輔、素振りをしてみよ」

と琴平が磐音に代わり慎之輔に命じた。

慎之輔は二人の友に見守られながら、磐音に向き合い一礼をした。

磐音も礼を返した。

「ほう、本式だな」

と琴平が二人の友を茶化した。

「琴平の言葉など気にするでない」

磐音が慎之輔に命じた。

よし、と小声で応じた慎之輔が竹刀を正眼《せいがん》に構えた。一応形にはなっていたが、足も腰も手の構えも調和がとれていない、ばらばらだった。

慎之輔が気合いを発すると前後に動いて素振りを始めた。すると琴平が、

「一回、二回、三回」

と言われもせぬのに数え始めた。ちらりと慎之輔が琴平を見たが、磐音の視線に気付き、素振りに集中した。

弾む息が庭に響き、段々と荒くなってきた。

「おお、五十を超えたぞ、五十一、五十二」

と琴平が数えた辺りから慎之輔の足の運びがよろよろとし始めた。

「ああ、六十さーん、ろくじゅうーし、もうダメじゃな」

琴平の言葉に慎之輔が素振りを止めた。

「琴平に傍らで数えられてみよ、いつもの素振りが出来なかったわ」

「言い訳がましいぞ、慎之輔、おれのせいではなかろう、できぬのはな」

「ならば琴平、おまえがやってみよ」

「おれか、おれはな、同じ動きを繰り返すのは苦手でな、だが、好き勝手な動きならばいつまでも続けられるぞ。磐音、見せようか」

「いや、よい」

と言った磐音が木刀を手に庭に下りてきた。

「人伝えゆえ動きが違うかもしれぬ。神伝一刀流の正眼の構えはこうだ」

磐音が使い込んだ木刀を中段に構えてみせた。

慎之輔にも琴平にも、磐音の構えは年余の歳月の稽古で固まったものと直ぐに察せられた。どこがどうというのではない。ぴたり、と形が決まっていた。

しばし間を置いた磐音が正眼の木刀を上段へと上げつつ、踏み込んで、
えいっ
の気合いとともに虚空に振り下ろした。そして、振り下ろした木刀を中段に戻しつつ後退すると最前立っていた場所に戻り、再び間をおいて踏み込み、上段から木刀が振り下ろされた。

その一連の動きが段々と素早さを増し、磐音の構えと動きは乱れることなく、際限なく繰り返されていった。

慎之輔も琴平も黙って見ているしかない。

どれほどの時が経ったか、動きが徐々に緩やかになり、元の位置に戻ると木刀は中段に構えられ、しばしの間があって下げられた。

「これで二百回じゃ」

と磐音が言った。

「磐音、魚島以来、そなたは独り稽古を続けておったか」

慎之輔の問いに磐音はただこくりと頷いた。

「驚いた」

と琴平が洩らした。

「慎之輔、琴平、独り稽古の成果を見せたのは自慢したいからではない。それがしは、明日から神伝一刀流に入門する。我流の稽古で得た動きは、封印する。そなたら二人だけの記憶に留めよ」

と磐音が言った。

沈黙が三人の間を支配した。

「おれは明日の試しが怖くなった」

慎之輔が洩らした。

「慎之輔、われらは十二歳と十三歳の新入りとして中戸道場に入門するのだ。これまで生きてきた歳月は忘れて中戸先生の教えに従う決意だ」

「磐音、おれのように棒きれを振り回すしかできぬ者でも中戸先生は入門を許されようか」

「琴平、われら三人、まっさらな気持ちで中戸道場の床に立つのだ」

と磐音が宣告した。

琴平はずっと後年、十二歳の磐音が封印したのは剣術の技量や力だけではなかったことを知ることになる。だが、十二の琴平には、磐音の深い考えが理解できなかった。

「兄上、照埜おばさんに振袖人形《ふりそで》を頂戴しました。奈緒は舞扇《まいおうぎ》をもらったの。兄上」

と舞が言いながら、縁側に姿を見せた。いつの間にか奈緒の手にも舞扇があった。

「礼を申したか。振袖人形といい、舞扇といい、うちにはないものばかりじゃな」

と兄の琴平が言ったとき、照埜が女衆《おんなし》といっしょに茶菓を運んできた。

甘味は涼し気な草餅《くさもち》だった。

「おお、関前広小路の甘味処伏見いさやの草餅だぞ」

慎之輔が思わず洩らして、慌てて口を手で閉ざした。

「慎之輔の家では甘味は食せぬか」

「磐音、うちでも草餅くらいは出る。だがな、男が甘味をあれこれ言うのはいかんのだ」

「父上は御先手組ゆえ甘味など女子《おなご》の食い物と言われておるか」

「ああ、そうだ。だがな、おれは未だ飲んだことのない酒よりも甘味が大好物じゃ、それを口にしていかぬとは可笑《おか》しいではないか」

「あら、慎之輔様は甘味がお好きですか」

と舞が慎之輔に尋ねた。

「舞、美味《おい》しいではないか、そなた、甘味は嫌いか」

「大好きです、でもうちでは滅多に甘味は膳《ぜん》に上りません」

と舞が哀しそうな顔をした。

豊後関前藩の藩財政は年々悪化していた。ために節約の触れが毎年のように出された。だが、すでに家臣たちには半知借上と称する家禄の半減が何年も前から行われていた。もはやこれ以上の借上は無理だ。とはいえ、漁師や百姓から取り立てるのも不可能だった。

関前広小路の大店にも家臣のツケが溜まり、商いも沈滞していた。

関前藩中士の家系の河出家や小林家ですら、甘味を滅多に食せないのが実情だった。

「舞さん、奈緒さん、甘いものを食べたい折はうちにお出でなさい。わが屋敷とて裕福ではございませんが、甘味処の臼杵屋から娘御が行儀見習いにきておりますで、臼杵屋の甘味はいつでもありますよ」

と照埜が二人の娘に言った。

「はい」

「ありがとうございます」

と姉妹が礼を述べる傍らから慎之輔が、

「照埜様、その折、それがしもお招きください」

と願った。

「はいはい、舞様や奈緒様といっしょに慎之輔様もお呼び致しますよ」

「照埜様、それがしはどうなります」

と琴平が言い出した。

「兄上は甘いものなど女子の食べものと言うておられます」

と舞が言い出し、

「あれはな、本心ではないのだ。そなたらに少しでも多く食べさせようと、兄の心づかいじゃぞ」

「ふーん、琴平が心づかいな、初めて知ったぞ」

と慎之輔が応じて、

「それがし、心づかいを忘れて伏見いさやの草餅いただきます」

と真っ先にとった。

磐音はこんな幸せがいつまで続くかと、ふと思った。

二

広小路御北町の一角にある中戸道場は、当代の中戸信継の実父、信為《のぶため》が武芸に秀でていたために、藩主の福坂《ふくさか》豊後守実禎《さねよし》が藩士らの武芸育成に寄与せよと藩道場の代わりに建てさせたものだ。

関前藩の藩道場代わりとしては立地がいささか悪い。城から西北に半里ばかり離れているのだ。だが、二代の中戸親子の人柄と神伝一刀流の技量を学ぶために藩士の多くが中戸道場で剣術の手ほどきを受けた。

中戸道場が造られてから二十数年後に、新町筋に諸星道場が開かれ、中戸道場と諸星道場は関前藩の二道場として競い合ってきた。

諸星道場は関前藩重臣の次男諸星内蔵助《くらのすけ》が始めた道場で、中戸道場より敷地も広く道場の建物も立派だった。また重臣の倅が道場主ということで関前藩の上士の門弟が多く、中戸道場が中士下士の道場という風にいつしか見られていた。

坂崎家は重臣の一家だ。だが、当代の坂崎正睦が信継と親しいこともあり、磐音は時折坂崎家へ碁を打ちにくる中戸信継の藩主への忠誠心と人柄を子供ながら感じていたゆえに、入門するならば、

「神伝一刀流中戸道場」

と決めていた。

磐音はこの朝、湯殿で水を被《かぶ》って独り稽古の汗を流し、照埜が用意してくれた新しい下着と稽古着を身につけて神棚に拝礼し、朝餉《あさげ》をゆっくりと噛んで食し、口を漱《すす》いで屋敷を出た。

六つ半（午前七時）の刻限だ。

中戸信継は磐音らに道場を五つ（午前八時）に訪ねよと坂崎家に伝えていた。ゆえに磐音はこの刻限に大手橋前の御馬場に出て、河出慎之輔と小林琴平を誘って中戸道場に向かう心積もりだった。

磐音は父が子供の折に使っていたという胴着や面などの防具を木刀と竹刀の先

にからげて肩に担いでいた。

御馬場では魚や野菜、それに古着や雑貨に農具などが露店に置かれた朝市が開かれていた。

夏の朝の間とはいえ、すでに関前の海から昇った陽が御馬場に降っていた。今日も陽射しが強くなりそうな気配だった。

「坂崎の若様」

野菜を売るおばばから声が掛かった。

「おお、おしんか」

城下南の百姓地から下女として坂崎家に奉公し、台所仕事などを務めていたおしんだ。むろん磐音は、おしんが坂崎家で飯炊きなどをしていた時代を知らない。磐音の祖父がおしんの献身的な奉公ぶりに感心して嫁入道具を持たせたというので、おしんは今も坂崎家を主家として敬っていた。というわけで、磐音はおしんにとって「若様」なのだ。

「おしん、若様はお城に居られるお方だけだぞ」

「わしゃ、お城の若様を知らねえ、若様は磐音様じゃ」

とおしんが言い切り、

「えらく早くどこへ行きなさる」

と尋ねた。

「本日より中戸道場に通うことが許されたのだ」

「おお、めでたいですよ。お侍様は剣術が大事だでな、精いっぱい頑張りなせえ」

磐音はすでに中戸道場の門弟のつもりでいた。おしんは売れ残った野菜などを坂崎家へ始終届けにきたから、磐音が中戸道場に入門することを願っていることを承知していた。

「おしん、しっかり稽古を致す」

と言い残した磐音は、背中の防具がかたかたと鳴る音を楽しみながら河出家へと向かった。河出の屋敷ではすでに慎之輔が木刀と竹刀を手に、こちらも父が使っていた防具を足元において待っていた。

「待ったか」

「いや、ちょっと前に門前に出たところだ。琴平の家へ急ごう、あやつはいつもおれたちを待たせるでな」

慎之輔が琴平の朝寝癖を案じて磐音を急《せ》かした。

「よし」

二人は背中に下げた防具を鳴らしながら屋敷小路を突っ切り、小林邸の前に到着した。すると玄関に琴平が寝ぼけ眼《まなこ》でいて、母親の鶴女が、

「ほれ、琴平、磐音様と慎之輔さんが迎えに来られましたよ」

と告げた。

「母上、うちから道場まではひと走りです、約定の五つに間に合います」

と二人の友を見た。

「なんだ、そなたら、防具まで持ってきたか。うちに防具などないぞ」

と琴平が困った顔をした。

「防具がいるかどうか分からぬが一応持参しただけだ。三人で二つ防具があれば、使いまわしができよう」

と磐音が言い、

「鶴女様、行って参ります」

と言葉を残し、三人は中戸道場へと向かった。

「朝餉は食したか、琴平」

慎之輔が琴平の朝寝癖を案じて聞いた。

「食いはぐれた」

と琴平がぼやいた。

「致し方なかろう、おまえが四半刻《しはんとき》（三十分）早く起きれば済むことだ。よいな、磐音が迎えにくるのは今朝だけだぞ。おれも門前に琴平がいなければ先に道場に向かうからな」

「二人して朋輩甲斐《がい》がないな」

「琴平にいくら気づかいしてもそちらからなにも返ってこないからな」

慎之輔が琴平に言った。

「そなたらの家には妹がおるまい。大きくなってもおまえらに嫁にはやらんぞ」

と琴平が威張った。

「だれが琴平の妹を嫁にするというた」

「慎之輔、おれは勘だけは鋭い。おまえが舞を好きなのは兄のおれが承知だ」

「琴平、勝手なことをいうな。舞がいくら好きでも兄がだれか考えれば、その気にはなるまい」

「うむ、舞の兄はおれじゃぞ。友同士だ、これ以上のことはあるまい。のう、磐音」

「それがし、いくら舞が好きでもやはり兄者がだれか考えるぞ」

「ほれ、見よ。琴平、そなたと付き合うのは、そなたに遊び相手がおらぬからだ、われら、小林琴平が可哀そうでつき合うているのが分からぬか」

ふーん、と琴平が二人に言ったとき、中戸道場近くにきて木刀や竹刀で打ち合う音が響いてきた。

「慎之輔、琴平、もはや無駄話は止めよ。かように浮ついた気持ちでは中戸先生が入門をお断りになるかもしれぬ」

磐音が二人の友に注意して道場の門前近くで足を止め、深呼吸をするとしばし瞑目《めいもく》した。慎之輔は磐音を慌てて倣《なら》ったが、琴平は二人の様子を眺めていた。

「よし」

と磐音が声を洩らし、道場の門を潜った。

建築して五十年余が過ぎた中戸道場の式台は歳月に黒ずんで、色目が違う杉板で補強してある箇所もあった。

磐音ら三人は抱えてきた防具を式台前に置くと三人が並び、磐音が、

「お願いします」

と声を掛けた。

「どおれ」

と声がして中戸信継自らが姿を見せた。

「おっ、先生じゃ」

琴平が驚きの声を洩らした。

「中戸先生、坂崎磐音、河出慎之輔、小林琴平、中戸道場に入門したくお願いに上がりました」

と磐音が声を張り上げた。

しばし三人の顔付きを眺めていた信継が、

「よう三年余も待ったな。そのおかげで体が出来たわ。とはいえ、大人の稽古はできぬ。道場でも基稽古をしながら体をしっかりと造る稽古がしばらくは続く」

と言った。はい、と磐音が答えようとすると琴平が、

「基稽古は何年つづくのです」

と質した。

「小林琴平であったな。そなたらがどれほど動けるか道場で見てみようか。そのあと、その問いに答えよう。よいか、琴平」

「はい」

と琴平が答えてずかずかと式台に上がり込んだ。

　磐音は信継に一礼すると、

「道場に通ってようございますか」

　と許しを乞うた。

「許す、磐音、慎之輔」

　琴平は道場に入り、

「おお、なかなか広いな」

　とあとから来る磐音と慎之輔に言った。

　中戸道場は稽古場が八十畳と言われていた。天井が高く、十二、三歳の少年らにとって、道場は広く見えた。その場で二十人ほどの門弟が稽古をしていた。

　道場の外に防具と木刀、竹刀を置いた磐音が慎之輔に目顔で合図して、道場に入ったところで床に正座して慎之輔といっしょに神棚に向かい拝礼した。

「おお、忘れておった」

　と琴平が洩らし、その場に立ったまま、ぺこりと頭を下げた。

「道場の端に参れ」

　信継が三人を見所から離れた場所に連れていき、

「磐音、慎之輔、琴平、いったん入門したからには然るべき理由がなければ退場はできぬ。ただし素行はなはだ悪しき場合、師のわしが退場を命ずることはある。分かったかな」

「分かりました」

と磐音が答え、琴平が、

「先生、素行悪しきとはどういうことですか」

と尋ねた。

「琴平、そなたにとって大事な約定かもしれぬな。稽古をいわくなく休み、礼儀を心得ず、道場を清潔にすることを怠ったりすることだ。むろん道場の外での行為もわしの判断の材料となる。相分かったか、琴平」

「およそ分かりました」

「およそとはどういうことか、琴平」

「先生、悪さはいろいろあります。その折は先生に前もって聞きます」

「わしに断って悪さをなすか」

「分別がつかぬ場合です」

にやり、と笑った信継が、

「分別がつかんで、わしに相談致すか」

「はい」

「よかろう」

と信継が答え、竹刀だけを手にせよ、と命じた。

磐音らは竹刀を手に取ると、慎之輔が磐音の動きを倣い、琴平は片手に持った竹刀を振り回していた。三人の中で年齢に関わりなく頭分《かしら》が坂崎磐音と信継には分かった。

「まず小林琴平、竹刀を振ってみよ」

「おっ、おれが、いえ、私が先陣ですか」

と応じた琴平が、

「師匠の命により小林琴平、恐れながらつたない芸を披露《ひろう》いたします」

というと片手で持っていた竹刀にもう一方を添え、道場の一角を睨んだ。が、間もおくことなく、

「えい」

と叫ぶと己の前面、上段から下段、左右に竹刀を激しく振り回し始めた。同時に小柄な体でぴょんぴょん跳ねるように飛び回り、竹刀を無暗やたらに己の周り

に振り回した。四方を囲まれた敵に向かって竹刀で抗っているつもりか、ともかく動き回り、振り回した。だが、勝手気ままな動きはそう長くは続かなかった。

　琴平が息切れして足腰がふらついてきたのを見た信継が、止め、と止めた。

「なかなか元気がよいな、だれに教わった」

「せ、先生、お、おれが工夫した。大勢を相手に一人で戦うには素早く動くしかないと考えました」

「なかなかの創意じゃな」

「はっ、おほめいただき恐縮です」

　道場で稽古をしていた先輩門弟が琴平の言動を見て、師匠の手前、必死で笑いを堪《こら》えていたり、呆れ顔をしたりしていた。

「続いて河出慎之輔、竹刀を振ってみよ」

「はい」

　と返事をした慎之輔が竹刀を正眼に構えて、しばし間を置いた。

　背丈がぐんぐんと延びている最中の慎之輔だ。体と手足の均衡がとれていないこともあり、正眼の構えの腰が浮き、足元も不安定だった。またどことなく自信なげに師匠の命を待っている。

「素振りを始めよ」

「はっ」

と応じた慎之輔がぎこちない動きで前方に踏み込み、動きと同時に竹刀を上段に振り上げて、振り下ろした。気持ちと体の動きがばらばらで下手な操り人形のようだったが、慎之輔は頭の中で素振りの動きを思い出し、なぞっているのが信継には分かった。

「ゆっくりでよいぞ。一つひとつの動作を丁寧《ていねい》にな、きっちりとやりなされ」

「はっ」

と答えた慎之輔だが、師匠の忠言を聞き入れて体の動きに取り入れる余裕はなかった。それでも素振りを繰り返すうちになんとなく素振りらしくなってきた。だが、そんな動きも何回か繰り返すうちに再び足腰がばらつき、竹刀の振りが不安定になってきた。

「止め」

信継の命を聞いた慎之輔がその場にへたり込んだ。

「さあて、残るは坂崎磐音か」

信継の視線が磐音を見た。

磐音が坂崎家の家来で信継の門弟である市来治五郎から神伝一刀流の基をこの数年習っていることを承知していた。

「磐音、素振りを始めよ」

師の命に大きく頷いた磐音は未だ竹刀を左手に下げ、その姿勢のままに瞑目して神経を集中させた。そして、ゆっくりと眼を見開くと片手に持っていた竹刀にもう一方を添え、ゆったりと正眼に構えた。ここでも間をおき、竹刀の先端を虚空の一角においた。竹刀の切っ先が虚空の一角にぴたりと狙《ねら》いを定めていた。

磐音の正眼の竹刀がゆっくりと上がり、上段に上げられると寸毫《すんごう》の間をとったあと、体が機敏に踏み込み、同時に竹刀が虚空を切った。

長年の稽古で培われた素振りの形がすでにできていた。

信継の眼から見ると体全体と竹刀の動きに微妙な不調和があった。だが、そのような不調和は体が急激に大きくなり、道場稽古をするうちに手直しが利くものであった。

磐音は、いつもより動きをゆったりとして確実に一つひとつの動きを確かめながら素振りを繰り返した。足腰が安定しているために素振りはほぼ同じ間合いと動きで繰り返されていった。すると段々と素振りの繰り返しが素早さを増した。

息を吐き、息を吸うところもすでに心得ていた。ために素振りの動きが乱れることもなかった。

磐音の素振りを見た信継は、神伝一刀流の基を長年繰り返して体に覚えさせていると分かった。ただ今の力と体力が分かった以上、止めるかと思った。だが、信継はしばらく素振りを見守ることにした。

磐音は、ただ今の己の力を師匠の信継にも見せていないと思ったからだ。素振りの稽古を続けるうちに真の実力を見せるのではないか、と思い直した。

どれほどの時が経ったか。

磐音の素振りの動きと間に変わりはなかった。

「坂崎磐音、素振りを止めよ」

信継が声をかけて磐音が素振りの動きを止めて師に一礼した。息は上がっていたが、小さく呼吸をすると平静に戻した。

「三人の力はほぼ見定めた。神伝一刀流の基からわしが教える」

信継の言葉に門弟たちの顔に、

(おや、師匠自ら基を教えられるか)

という驚きの表情が見えた。

十二、三歳の門弟をとったのは何年振りか、ただ今の中戸道場で一番の年少者は十六歳の戌井《いぬい》清太郎《せいたろう》だ。入門して四年、体も同じ年齢の者より大きかったし、力も備わっていた。

この三人の少年を久しぶりに基から教え込む、と信継が直感したのは天命だったのか。後年、明和《めいわ》九年（一七七二）の悲劇のあと、磐音、慎之輔、琴平が入門した夏の朝のことを信継は死の刻まで何十回、何百回と思い出すことになる。だが、この時点でさようなことは中戸信継は夢想もしなかった。

「有難うございます」

と磐音が信継に礼を述べ、慎之輔と琴平が慌てて従った。

三

一刻の稽古が終わったとき、慎之輔と琴平は口も利けないくらいに疲れ切っていた。磐音もまた二人の友と同じ表情を見せていた。だが、信継は磐音がまだまだ本当の力を出し切っていないと考えていた。

「明日から六つ（午前六時）の刻限に稽古に参れ」

と信継が命じると、

「えっ」

と琴平が驚きの声を洩らした。

「小林琴平、わしの言葉が聞こえたな」

「六つと言われましたか」

「いかにもさようじゃ。六つでは遅かったか。ならば大人の門弟と同じく七つ半(午前五時)でもよいぞ」

「め、めっそうもないことで。六つでも十分早うございます」

との琴平の言葉を聞いた信継が、

「小林琴平の屋敷に近い河出慎之輔が、毎朝叩き起こしてでも連れてこよ」

慎之輔に命じ、慎之輔がうんざりとした顔で、はい、と小さな声で答えた。

三人は朝稽古が終わるのを待って道場の拭《ふ》き掃除を先輩門弟たちといっしょにやった。

「おい、ちび門弟」

戌井清太郎が琴平に話しかけた。

「一日で音を上げたのではないか」

「清太郎さん、慎之輔が迎えに来ないことを願っておる」

琴平は清太郎を承知かそう答え、

「まあ、琴平、そなたが最初に道場から出ていきそうじゃな」

と清太郎がにやりと笑った。

「清太郎さん、磐音や慎之輔ではなくてなんでおれか」

「おれも十二でこの道場に入門した。その折、朋輩はおれの他に四人おったがな、四人とも辞めて、そのうちの二人は諸星道場に入り直しておる」

とここで磐音を見て、

「磐音、そなた、諸星道場の坂出進太郎を一撃で倒したそうじゃな」

と言った。

磐音はちらりと琴平を見た。

琴平と進太郎が知り合いである以上、魚島の一件を話したのは琴平しか考えられなかった。その証に琴平が磐音の視線を受け止めきれずに下を向いた。

「年上だと油断しておられたのでしょう。坂出どのが油断せずに本気なら、私がうちのめされていたでしょう」

「おお、その坂出進太郎がおれといっしょに中戸道場に入門し、諸星道場に鞍替《くらが》えした一人だ。あやつ、しつこい気性ゆえ油断するな。そなたを根に持っていることは間違いない。そなたが一人の折になんぞ仕掛けてくるかもしれんぞ、気をつけよ」

「ご注意ありがとうございました」

「まあ、そなたは琴平とは違う。まず油断などすまい」

と戊井清太郎が言った。

入門を許された磐音たちは防具や竹刀を道場に預けて、関前広小路に向かっていった。

「琴平、なぜ魚島の一件を話した」

「昔の話だ。もうよかろうと思うてな、清太郎さんに中戸道場のことを聞きに行った折につい喋ってしまった」

磐音はしばらく沈黙していた。そして、ゆっくりと口を開いた。

「琴平、中戸道場を途中で辞めるような真似をするな。もしさようなことをすればおれはそなたを許さぬ。もはや友ではないからな、覚えておけ」

磐音は普段は優しい言葉遣いだが、この折に限って険しかった。琴平の返事がその動揺を物語っていた。

「わ、分かった。おれは中戸道場を辞めはせぬ」

「慎之輔に迷惑をかけずに中戸先生が命じられた刻限に道場に参るのだ」

磐音の言葉を琴平は、頷きながら噛みしめた。

琴平、慎之輔と別れた磐音は関前広小路の強い陽差しを避けて、真ん中に植え込まれた欅《けやき》の陰を選んで城へと向かっていた。

須崎川の流れから引かれた疎水では、広小路裏の町屋に住む子供たちが腹掛けにふんどし姿で水遊びをしていた。欅の木陰の水で戯れている子供たちを見て、磐音は羨ましかった。武家の倅は、城下の繁華な広小路で水遊びなど許されなかった。ただし琴平は別だった。

母親に見守られた二歳ほどの男の子はまる裸だった。その傍らでは黒い犬が水に浸かっていた。なにしろ疎水の深さは二、三寸しかない。子供も犬も溺れることはなかった。なんとも長閑《のどか》な昼前の広小路の水辺だった。

関前広小路の両側は、老舗《しにせ》の店が軒を連ねていた。

そんな老舗の甘味処の福寿庵に母親に連れられた舞と奈緒の姿があった。関前広小路には何軒か甘味処があったが、南の福寿庵と北の伏見いさやが双璧《そうへき》の店だった。坂崎家は代々伏見いさやで法事の折などに注文した。だが、小林家は福寿庵をひいきにしているのか、と磐音は思った。

磐音と奈緒はほぼ同時に気付いた。

「磐音様」

奈緒が磐音に向かって手を振った。

「奈緒、母上に福寿庵の大福を買ってもらっておるのか」

と言いながら、真ん中の散歩道から幅二尺ほどの疎水を飛び越えて店が並ぶほうへと歩み寄った。

「道場への入門、お許し頂けましたか」

母親の鶴女が磐音に尋ねた。

「はい。私ども三人、中戸先生の新入り門弟になりました。今後しばらくは先生自ら私たちの指導をして下さるそうです」

「そう、琴平も許されたのですね」

母親は倅のことを案じていたのか、安堵の表情を見せた。

「明日から道場入りは六つだそうです」

「あら、大変だわ。琴平が起きられるかしら」

「先生が慎之輔に必ず琴平を連れてこよ、と命じておられました」

「これは大変だわ」

鶴女は厄介《やっかい》ごとがまた増えたというように顔を曇らせた。

「慣れればだいじょうぶでしょう」

それがね、と鶴女が応じたとき、

「小林様、包みが出来ました」

と福寿庵の女主人が声をかけ、

「坂崎の若様方もいよいよ中戸道場の門弟ですか」

と磐音を見た。

坂崎家では滅多に福寿庵で甘味を買ったことがないのだが、女主人は磐音の顔を知っていた。

「はい、本日ようやく認められました」

「琴平様はこの前まで前の疎水で水遊びをしておられたのにね」

女主人は琴平の母親に言った。

「えっ、琴平が疎水で水遊びをしておりましたか」

鶴女が驚きの顔で磐音を見た。

「私といっしょに流れに足をつけた程度です」

と磐音が言い、福寿庵の女主人もなにか言い掛けたが、これはまずかったかと口を閉ざした。

「舞、奈緒、大福を買ってもらったか、よかったな」

磐音が話題を変えた。

数年前まで琴平が町人の子供を集めて水遊びをしていたことを磐音は承知していた。だが、どうやら最近まで琴平はやっていたようで、福寿庵の女主人の言葉に話を転じたのだ。

「磐音様のところにお礼にいくの」

と舞が言った。

「礼じゃと。わが家で礼をなすようなことをしたのか」

「磐音様、忘れたの。この前、奈緒には舞扇を、私には振袖人形を頂戴致しました」

「おお、あのことか。あれは母上の気まぐれじゃぞ、礼を言われるほどのものではあるまい」

「いえ、あのように高価なものを娘たちが頂戴致してわが家では恐縮しております。照埜様がご懐妊と聞きましたので、お見舞いがてらの暑中見舞いです」

「ならばごいっしょに参りましょう。その包み、私がうちまでお持ちします」

磐音が鶴女から福寿庵の甘味の包みを受け取った。そのために鶴女は奈緒の手を引くことができた。

「琴平たら、二人の妹の兄というのに自分独りで遊ぶのに忙しく、うちの手伝いをしようとも妹の面倒をみようともしませんよ」

「鶴女様、琴平は飯炊きもできれば火打石の使い方もなれたものです。あれは屋敷の手伝いをしている証です。私にはできません」

「磐音様の父上は中老様です。その世継ぎにごはんを炊かせるわけにもいきますまい」

「いえ、琴平は琴平で関心を持っているのです。最前福寿庵のおかみさんが言われたように、琴平は町人の子供たちと直ぐに仲良くなり、いっしょに遊びながら字の書き方を教えていることをご存じですか」

「えっ、琴平が町人の子に字を教えるですって、ありえませんよ。当人が書を習ったほうがよいくらいです」

鶴女が言った。

「鶴女様、慎之輔、琴平と私の三人、気性も違えば関心も異なるゆえ仲がよいのです。三人が同じ考えではおもしろくはありません」

鶴女が足を止めた。

広小路から関前神社にいく途中でだ。

「磐音様は、歳には関わりなく三人の長兄ですね。末の弟を宜しくお願い致します」

「私が三人の長兄ですか」

「ちょうけいって、なあに」

と舞が磐音の顔を見ながら母親に聞いた。

「舞、兄弟でいちばん年上の者のことです」

「あら、三人は兄弟ではないわ」

「そうです。われらは兄弟ではありません。でも、城下の中でわれら三人はいいことも悪いこともいっしょにする間柄ですからね、母上は兄弟のようだと仰《おっしゃ》ったのです」

「ああ、そうか」

と舞が得心した。

不意に雷が鳴った。

ふと気付くと頭上に黒い雲が覆っていた。

「雨が降ります。わが家まで急ぎましょう」

と磐音がいうと、

「鶴女様、福寿庵の包み、お返しします」

と言った磐音が包みを戻し、鶴女が奈緒の手を解いた。その奈緒に向かって磐音が、

「ほれ、奈緒、私の背中におぶさるのだ」

と言うと、奈緒に背を向けて腰を下ろした。

「磐音様、奈緒をおんぶするの」

「わが屋敷まで私が奈緒をおぶって連れていくのです。急がねばずぶ濡《ぬ》れになりますぞ」

奈緒が慌てて磐音の背中に恐る恐る身を寄せた。磐音が両腕で抱えると立ち上がり、

「鶴女様、舞、急ぎますよ」

と早歩きであと一丁ほど先の屋敷を目指した。その途中で、
ぽつんぽつん

と大粒の雨が降り始めた。

「いそげいそげ」

と磐音は片腕で奈緒をおんぶし、もう一方の手で舞の手を引いて走り出した。そのあとを鶴女が福寿庵の包みを抱えて従ってきた。

なんとか坂崎家の長屋門に辿りついたとき、いきなり、ざあざあと本降りの雨が外堀屋敷町の乾ききった通りを叩きつけ始めた。

「おや、小林家のお姫様たちをお連れになりましたか」

老門番の草吉《そうきち》が驚きの顔で見た。

「草吉、式台まで行く間に濡れようぞ、傘はないか」

磐音の問いに、

「若様、この雨はそう長く降りはしませんぞ。傘を差したところで履物が濡れます。しばらく門下で我慢したほうがよろしいですよ」

磐音は舞の手を離すと背中の奈緒に、

「奈緒、下りるか」

と尋ねた。

「磐音様は奈緒を屋敷までおんぶしていくとやくそくした」

と奈緒が抗った。

「なに、屋敷の門ではいかぬか」

「あそこまでいくやくそくです」

奈緒が式台を差した。

「致し方ない、おぶわれておれ」

と言った磐音は水しぶきが上がる通りを眺めるために門の軒下に寄った。

「磐音様」

「なんじゃな、奈緒」

「磐音様の背中はあたたかい」

「私の背中が好きか」

「大好き」

と言った奈緒が磐音の耳に顔を寄せて、

「奈緒、磐音様のお嫁になるんだもの」

と言った。

ざあざあ降りの雨音と雷鳴のなか、奈緒の言葉は磐音の耳にしっかりと届いた。

四

雨は上がった。

雨の間、行灯《あんどん》が点された座敷で昼餉《ひるげ》の蕎麦《そば》が供され、談笑をしていた照埜と鶴女、そして、小林家の娘の二人が雨戸の開けられた縁側に立った。そのせいで座敷に夏の光が射《さ》し込んできた。

雨戸が閉じられていたせいで、坂崎邸の庭にこの日二度目の朝が訪れたようで清々しくも蘇ったように感じられた。たっぷりと雨に濡れた坂崎邸の庭の泉水に花菖蒲が咲き誇っていた。

「磐音様、鴛鴦はどこへいきました」

泉水を見ながら奈緒が磐音に聞いた。

「どこぞに雨を避けておらぬか」

磐音が答えた。

「奈緒は鴛鴦が見たい」

と磐音に奈緒がせがんだ。

「庭は濡れておるぞ」

「かまいません」

「舞、そなたも池のそばに下りるか」

磐音は二人の履物を持ってくるかどうか聞いた。

「磐音様、わたし、足が濡れるのはきらいです」

と舞が断った。

「奈緒、そなたの履物を持ってくるで、しばらく縁側で待っておれ」

と言い残した磐音が玄関へと向かった。

「奈緒、これがそなたの草履じゃな」

赤い鼻緒の草履を手にした磐音が庭から姿を見せた。

「これ、奈緒。磐音様に履物を持ってくるような真似を願われましたか。磐音様はゆくゆくは関前藩の中老にお就きになるお方ですよ。うちの琴平とは違います」

と鶴女が慌てた。

「母上、奈緒は磐音様のおよめになるのです」

「これ、なんということを」

鶴女がさらに狼狽《ろうばい》していた。

「照埜様、子供の言葉でございます、お許しください」

「なんのことがありましょう。奈緒さんは素直な娘御です。磐音が奈緒さんと初めて会った日、『母上、赤子の、奈緒の指はしっとりとして柔らかでしたよ』と奈緒様が触った指を見ておりました。その日の風呂でも奈緒さんが触った指は湯に浸けずにずっと上げたままだったのです」

「男の子は赤子の感触が珍しいのでしょうか、照埜様」

「さあてどうでしょうね」

とお腹が一段と大きくなった照埜が笑った。

磐音は奈緒の手を引いて泉水の水辺に連れていった。

「どこへ参ったかな、鴛鴦の姿が見えない」

「雨やどりをしているのでしょう」

花菖蒲がなんとも鮮やかに磐音と奈緒の眼に映じた。坂崎家の泉水に居ついた鴛鴦のつがいは三代目だった。

本来鴛鴦は和国の北辺や蝦夷地で繁殖し、冬になると南下して越冬する。だが、初代のつがいは関前藩の気候が気に入ったか、坂崎家の泉水のつがいを含めて、城下の武家屋敷の池や須崎川に定着してしまった。

坂崎家の池は真ん中がくびれてそこへ石橋が架《か》かっていた。池の周りに生えた椎の木の枝などに止まって陽射しや雨を避けることがあった。

磐音が手をぽんぽんと叩いた。すると築山の向こうの櫟《くぬぎ》の老木からつがいの鴛鴦が飛んできた。

二羽は磐音と奈緒のいる水辺に泳いできた。坂崎家の者たちがこのつがいにどんぐりなどを与えたことから懐《なつ》いてしまった。

「磐音様、名はなんというの」

「鴛鴦は鴛鴦じゃ、名はない」

「名がないなんてかわいそう」

「奈緒はそう思うか」

「はい」

「そなた、どちらが牝《めす》と思うか、当ててみよ」

奈緒は右手の人差し指で嘴《くちばし》が赤く、体が鮮やかな一羽を差した。

「どうしてそう思う」

「磐音様、あの鴛鴦のほうがかわいいもの」

小ぶりな体つきのもう一羽は、嘴が灰褐色で地味な感じだった。つがいの鴛鴦は磐音が餌《えさ》をくれぬかと待っていた。

「奈緒、鴛鴦は牡《おす》のほうがな、嘴が赤くて愛らしい色合いなのだ」

「えっ、こちらの鴛鴦が女ですか。きっと違いますよ」

「それがそうなのだ。牡のほうは体付きが牝より大きかろう。奈緒、この次はわが家に冬の寒い時節にきてみよ、愛らしい雛《ひな》が見られるぞ」

「磐音様はなんでもよう知っておられます」

「琴平は舞や奈緒にあれこれと教えてくれぬか」

「兄上は、わたしたちと遊ぶより一人でいたずらばかりをしておられます」

「琴平は、もはや十二じゃ、それに中戸道場の入門も許された。稽古から屋敷に戻ればそなたらと遊んでくれようぞ」

昼下がりの雨が上がったせいで、泉水の水面に虫が飛び回るのにつがいの鴛鴦が狙いを定めた。

鴛鴦は、水辺に生えた草、果実、種子、昆虫、貝などなんでも食べた。

「磐音様はあとつぎですね」

奈緒がふいに話題を変えた。

「さあてな、先のことだ。今から想像もつかぬ」

と磐音にはその光景が浮かばなかった、ゆえに正直に答えた。

鴛鴦の牝が虫をとったか、牡のほうが眺めていた。

「奈緒は磐音様のお屋敷に嫁にきます」

「雨が降り出した折も聞いた。いや、なにより奈緒が生まれたときからの約束じゃ」

「奈緒が生まれたばかりで磐音様とやくそくしたの」

「私がそなたの頰を触った指を奈緒がしっかりと握ったのだ」

「おぼえていません」

「覚えておらぬか。ならば、なぜそなたは磐音のもとへ嫁にくると考えた」

「なぜかしら」

「そなたが指を握った最初の男《おのこ》が磐音だからじゃ、私たちは天のさだめで夫婦《めおと》になるのだ」

「そう、きっとそうよ」

と二人で言い合ったが磐音には実感がなかった。まして幼い奈緒にはままごと遊びのような約定であった。

「奈緒、二人は必ず夫婦になる。だがな、このことはしばらく二人だけの秘め事じゃぞ。言いふらすと秘め事が秘め事でなくなり、二人の間をさこうという者が必ず出てこよう。大切なのは、二人が互いに互いを大事に思うていることだ。分かるか、奈緒」

「分かります」

よし、と言った磐音が指を立てた。すると奈緒が指をからめて、

「ゆびきりげんまん、うそついたら針せんぼんのます」

と二人だけの儀式を行った。

そのとき、屋敷の門前に、

「母上、おられますか」

とよぶ琴平の大声がして、庭に琴平が駆け込んできた。

「やっぱりまだこちらに居られたか」

と琴平が座敷に母親と舞の姿を認め、視線を磐音と奈緒に向けた。

「磐音、なにをやっておる」

「鴛鴦に名をつけておる。牡はな、琴平と名付けて腹立ちした折に、『琴平』と呼び捨てにしてやることにした」

「鴛鴦の牡が琴平か、ならば、牝は何だ」

「牝は未だ名がない」

ふーん、と鼻で返事をした琴平が、

「奈緒、昼餉は食したか」

「おそばをみんなで、まっくらな座敷にあんどんをつけて食べました」

奈緒が面白い経験をしたという表情で言った。

「凄《すご》い雷と雨であったからな」

「琴平、母上や妹たちを迎えにきたか」

磐音が兄妹の二人に口を挟《はさ》んだ。

「まあ、そんなところじゃ」

と言った琴平が濡れそぼった稽古着姿であることに磐音は気付いた。

「そなた、屋敷に戻ったのだろうな」

「戻ったゆえ、母上や舞たちが磐音の屋敷を訪ねたことを小女から聞いて承知しておるのだ」

「その刻限から一刻半、いや、二刻は過ぎておるぞ。雨の中、どこにおったのだ」

な」

「おれではない。何年も前、諸星道場におれが入門しようとしたことがあった

「なにをやらかした、琴平」

「うむ、ちと厄介ごとだ」

「聞かずとも承知だ」

「あの折、母方の縁戚の者が口利きしたな」

「母方の祖父というたか」

「あのあと、母に聞くと祖父ではのうて、従兄だかなんだか、遠い縁者らしい。ともかく関前藩のとある下士の家で小者を務めておるのだがな、その永崎平助《ながさきへいすけ》小父が屋敷に帰ると待っておったのだ。おれたちが中戸道場に入門したと聞いたが、おれが先に声をかけた諸星道場に断りをしたかと言うのだ」

「三年も前にその者に断りは頼んだのではなかったか」

「そうじゃが、関前藩の道場に入門したというのなら、あちらに改めて挨拶《あいさつ》せよ、とおれにいうのだ。挨拶には金がいると言いおった。おれはな、すぐに諸星道場のことではない、永崎小父が金に困って母親にねだりにきたと思うた。ゆえになんとか屋敷から追い返そうとしたが、なかなか帰らないのだ。父上は、参勤で江

戸へ行っておられる。母には会わせたくはないでな、いったん別の日に来よというて屋敷から連れ出した。だが、屋敷の門前で動こうとはせぬ。『母上はどこにいった』というでな、訪ねそうなところを当たってみると騙《だま》して出ていこうとすると、小父までいっしょについてきおった。あちらこちら、屋敷町を廻り、母が訪ねておるかと聞いた。むろん、おれは母と妹がこちらに来ておることを承知していたで、どこにも来ていないと首を振られた。そんな最中に雨と雷に見舞われたのだ」

「永崎平助小父は金に困っておるのか」

「豊後関前藩の家臣の大半が余裕などあるまい。まして下士の小者だぞ。それに永崎小父は博奕《ばくち》好きだ。きっと賭場《とば》に借りを溜めて、やいのやいのと催促されておるのではないか」

と琴平が縷々《るる》説明した。

「まさか永崎なる者をわが屋敷まで連れてきたわけではあるまいな」

「それが付いてきたのだ」

しばし間を置いた琴平が困惑の体で応じた。

「なに、屋敷の前におるのか」

「すまぬ」

と琴平がこんどは詫びた。

磐音はしばし考えた。そして、

「奈緒、母上のもとへ戻っておれ」

と奈緒を泉水の傍らから屋敷に戻した。

「琴平、迎えにきたの。つい長居をして坂崎様のお宅に迷惑をかけたわ」

鶴女が琴平に呼びかけた。

「鶴女様、そのようです。ですが、しばしお待ちください」

と磐音が琴平の代わりに鶴女に応じて、視線を琴平に向け、

「私が永崎小父なる者に会うてみよう」

と言った。

「なに、磐音がなにがしか銭を与えるというか」

「琴平、博奕の借りの金子《きんす》と分かっていて渡せるものか。話すというのだ」

「そなたが言うたところで、小父はしつこいぞ。必死じゃからな」

と止めた。

「ならば母上や妹たちに会わせる気か」

「それはできぬ」

「ゆえに私が会うというておるのだ。案内せえ、琴平」

と磬音が催促し、先に門へと歩き出した。

「磬音、そなたの屋敷に迷惑はかけたくはなかったのだ」

と言いながら琴平がしぶしぶと従ってきた。

外堀屋敷町の坂崎家に接した宋道院の壁際になんと三人の男がいた。

「琴平、小父なる者が一人ではないのか」

「すまん、賭場の代貸《だいがし》だか手下が、二人小父にへばりついておるのだ」

「なぜ、最前言わなかった」

「言えるわけがなかろう」

琴平が怒りとも恥ずかしさともつかぬ顔で磬音を見た。

磬音は三人のもとへ歩み寄った。

「琴平、いたか、おっ母さんはよ」

と琴平に聞いた男が永崎平助だろう。

琴平はその問いに答えなかった。

「そのほうが永崎平助か」

「へえ、坂崎の若様」

磐音を承知か平助が磐音を見た。

「わが家が藩にてどのような役職か承知じゃな」

「は、はい。中老様で」

「それを承知で賭場の借財を支払うために怪しげな者を引き連れて外堀屋敷町のわが屋敷を訪ねてきたか」

いえ、その、と永崎平助が言い淀んだ。

「おい、若様とやら、おれっちは南町筋裏でよ、口入屋《くちいれや》の看板を掲げる池田屋菊《いけだやきく》五郎《ごろう》の者だ。こやつに貸した金子を頂戴に雷と雨のなかをあのちびに引き回されたんだ。頭からびしょ濡れで、いささか我慢もかぎりがあらあ。若様、どうにか銭の見通しをつけてくれまいか」

と代貸なのか兄貴分が磐音に言った。

「賭場の貸し借りの話は当人同士でなせ。納戸頭の小林家や中老職のわが屋敷にまで押しかけることがどういうことか承知か、下郎」

磐音はふだんでは使わない言葉遣いで言い放った。

「下郎と仰いましたかえ、若様」

「言うた、不満か」

「こちとら、貸した金子を取り立てにきただけだ。こやつが引き回してきたんだ、致し方なかったんだよ」

「下郎、平助、こたびは見逃して遣わす。じゃが、二度と小林家に迷惑をかけるようだと、町奉行に訴える」

「ほう、おもしろいね。若様、訴えてみますかえ。うちの親分から町奉行にもそれなりの銭が渡っているんだよ」

磐音は腰に差した脇差を抜くと峰に返した。

「お、おまえ、刀を抜いたな」

「抜いた。そのほうが関前藩の町奉行を愚弄《ぐろう》致した言葉、聞き逃しにはできぬ」

磐音は若い者が匕首《あいくち》に手をかけたのを見た。

「参れ」

と磐音の誘いに若い衆が匕首を翳《かざ》して突っ込んできた。同時に磐音も峰に返した脇差で匕首を手にした手首を叩いた。鈍い音がして、骨が折れた。

磐音は脇差を代貸に向けた。

「そのほう、名はなんだ」

「て、てめえ」

と言った代貸は、外堀屋敷町の屋敷から門番や若侍が姿を現わしたのを見た。

「名を問うておる」

「く、くそっ。池田屋の代貸龍門の峰吉《みねきち》だ」

「それがしのほうで町奉行園村《そのむら》様に届けを出す。それとも弟分の敵をこの場で討つか」

磐音の弁舌に龍門の峰吉も圧倒されていた。

「念押ししておく。関前藩城下で無法を働くことは二度と許さぬ。相分かったか、返答を致せ」

歯ぎしりしていた峰吉が、

「わ、分かった」

「ならばこの者を連れていくことを許す」

宋道院の塀際から三人の男たちが早々に姿を消した。

「磐音、あやつら、母上らを襲わぬか」

「その度胸はあるまい」

と言いながら磐音が脇差を鞘に納め、

「母上や舞、奈緒をそなたといっしょに屋敷まで送っていこう」

と言った。

第三話　秋紅葉の岬

一

磐音は夏の疲れを感じて母屋の座敷で珍しく昼寝をした。

どれほど眠ったか、うつつか夢か、過ぎし日のことを思い出していた。

神伝一刀流の中戸道場の狭い庭に、痩《や》せた幹の紅葉が植わっていた。いつからそこにあるのか、門弟のだれ一人として気にかける者はいなかった。土壌が合わぬのか、ひょろりとした紅葉が赤く色づいてその存在を静かに示した。

そんな時節、道場主中戸信継は、師範代から師範に昇格した代々木権三郎が五人の若侍に稽古をつけるのを見ていた。

豊後国には、岡藩中川家七万石、関前藩福坂家六万石、臼杵藩稲葉家五万石を筆頭に十五家の小大名が名を連ねていた。薩摩藩島津家七十二万石、筑前福岡藩黒田家五十二万石などに比して石高が少ない。そんな豊後国内の大名家が数年に一度、主催する大名家の城下に若侍を集めて、

「豊後申し合い」

と呼ぶ試合をなした。

この秋、「豊後申し合い」を主催するのは臼杵藩稲葉家だ。臼杵城下に各大名から選ばれた十八歳以下の若侍が集うことになっていた。関前藩でも城下にある中戸道場と諸星道場からそれぞれ三人が選ばれて、「豊後申し合い」に出場することになっていた。

中戸道場では十八歳以下となると十八歳の河出慎之輔、十七歳の坂崎磐音と小林琴平、十六歳の平田《ひらた》光弘《みつひろ》と夏木《なつき》統一郎《とういちろう》しかいない。平田と夏木は入門二年目ゆえ、磐音らと力の差があった。順当に五人から三人をとなると、慎之輔、磐音、そして、琴平だろう。

師範の代々木は夏木統一郎と平田光弘に稽古をつける振りをして、力量を確かめた。

「光弘、未だ基が身についておらぬな」

と最後に体の動きを注意した代々木師範が言い、一つ息を吐いて、

「小天狗《こてんぐ》琴平、参れ」

と琴平を呼んだ。

「はっ、師範に小天狗などと呼ばれて恐縮至極にございます」

入門から五年、琴平なりに背は伸びたが磐音とは四寸も差があった。

この小さな体と敏捷《びんしょう》な動きを活かそうと考えたか、琴平は終始動き回り、一瞬として同じ場に留まらなかった。そして、対戦相手をうんざりさせるほどに手古《てこ》摺《ず》らせ、油断した瞬間に反撃を加える戦法を磨いていた。

中戸信継は、神伝一刀流の基を大事にすると同時に、体付きや気性に合わせた当人の動き方を許していた。とくに琴平の軽妙に飛び回る剣術は、

「もはや琴平流じゃな、そなたは自在な動きとかたちを追求せよ」

と入門一年目にして許していた。

以来、五年の歳月で琴平流は、ある意味では完成をみようとしていると、信継は見ていた。

琴平が竹刀を手に代々木師範の前に立った。そのとき、信継が、

「師範、琴平の力量はだれにも分からぬ。慎之輔と立ち合わせてはどうだな」

と師範に話しかけた。

「師匠、正直ほっと致しました。琴平に稽古をつけると、妙に草臥《くたび》れましてな」

と代々木師範が安堵の表情で琴平の前から下がった。

信継が慎之輔を見た。

「それがしも琴平とだけは稽古はしたくはございません。されど師匠の命、拒むこともできますまい」

竹刀を手に琴平の前に立ち、一礼しようとすると琴平は、すでに左右に飛び跳ねて慎之輔が踏み込んでくるのを待ち構えていた。

「待て」

と再び信継が声を上げた。

「慎之輔、磐音と代われ」

慎之輔が、えっ、と驚きの顔を見せて、にっこりと笑い、

「助かりました」

と下がっていった。

「師匠、それがしの剣術はだれにも恐れられているようです」

「恐れられているのではなかろう、嫌がられているのであろう。とは申せ、それも琴平の得意芸じゃでな、致し方なかろう」

磐音は立ち上がると神棚に向かって一礼し、琴平に向かった。

「おお、坂崎磐音も神頼みか」

「小林琴平どの、よしなにお手合わせのほどを」

と淡々と応じた磐音が一礼し、竹刀を神伝一刀流の正眼に構えた。

中戸道場の中で磐音の正眼は、もっとも綺麗《きれい》な構えと称されていた。

磐音に先手をとられた琴平は、ひょい、と後ろに飛び下がって間合いを開け、

「参るぞ、磐音」

と叫ぶとその場で虚空に二度三度と飛び上がり、磐音を誘い込もうとした。

だが、磐音は琴平の無手勝流を無視したまま、不動の正眼を崩すことはなく竹刀の先端を虚空の一角にぴたりと置いたままだった。

「さあ、来い、磐音」

とこんどは左右に飛んで片手の竹刀を振り回しつつ、磐音を動かそうとした。

だが、磐音は相変わらず泰然自若とした構えを崩さなかった。

「ちくしょう」

と小声で洩らした琴平を見た代々木師範が信継に、

「なんとも品格のない剣術でございますな」

と吐き捨てた。

「師範、琴平が体の小さきことと力不足を補うために思案した技、品格は二の次と当人が一番承知じゃろうて」

「初めて相手する者は戸惑いましょうな」

「それが琴平の狙いじゃでな」

「ところが、磐音には利きませんな」

と言ったとき、琴平が磐音の横手に回り込んだ。

横手から攻める構えか。

すると、磐音がゆっくりと体の向きを変え、琴平をふたたび正面に捉えた。

(間合いは変わらずか)

琴平は磐音を動かしたいと常に渇望してきた。だが、磐音がこれまで誘いに乗ることはなかった。最後は琴平が攻め疲れて、隙を見せた瞬間を磐音は見逃さずに、びしりとしなるような竹刀が胴や小手に決まった。

琴平は竹刀をだらりと垂らした。

次の瞬間、一気に間合いを縮めて磐音の内懐《うちふところ》に入った、と思った。その直後、琴平の視界に磐音の稽古着が覆いかぶさり、

びしり

と音を立て、琴平の胴に磐音の竹刀が巻き付いていた。

小柄な体が吹き飛ばされて床に転がった。

琴平は、

（磐音が後の先でおれを転がしおった）

と思うと痛みを堪えて立ち上がり、

「もう一本」

と叫んでいた。

「師匠の許しもなく雑言を吐くでない！」

と師範の代々木権三郎が怒鳴った。

磐音は対峙《たいじ》した折の位置に静かに戻っていた。

琴平も致し方なくもとの位置に戻った。

「師範、うちはやはり磐音、慎之輔、琴平の三人かのう」

と信継が聞いた。

「でしょうかな」

顔には不満があるが致し方ないと書いてあった。

信継が五人を呼んで命じた。

「聞いてのとおり、『豊後申し合い』は河出慎之輔、坂崎磐音、そして小林琴平とする。光弘と統一郎は、控えである」

磐音ら五人が師匠の信継に一礼した。

「そなたら、『豊後申し合い』は初めてであろう。こたびは臼杵藩の稲葉家家中が主催なさり、中秋の十五日に催される。申し合いの形式は三人一組にて対戦し、相手方三人を倒せば勝ちとなる。こたびの『豊後申し合い』には豊後国の大名家八家から十六組が出ると、知らされてきた。これまで『豊後申し合い』は八回開かれておるが、残念ながら関前藩が勝ちを得たことはない」

琴平がなにか呟《つぶや》いたが、信継が先を続けた。

「勝つ勝たぬは、さほどこの信継は重きをおかぬ。それより『豊後申し合い』を己の剣術を大きなものにするための機会とせよ。控えに回った光弘、統一郎も向後三人の補佐として行動し、三人の一人が怪我などをした場合にはどちらかが加わることになる、その折はわしが命ずる。『豊後申し合い』を目指してのこれからの稽古は五人で行え、分かったな」

と五人に命じた。

磐音らは師匠の言葉を一礼して受けた。だが、直ぐに琴平が信継に尋ねた。

「師匠、お尋ねしてようございますか」

「なんだな、琴平」

「われら五人で稽古を行えとは、『豊後申し合い』の場までわれら三人、あるいは五人で話し合いをして、一番手はだれ、二番手はだれ、と順番のようなことまで決めよと申されますか」

「これからの稽古も当日の場もそういうことじゃ。なんぞ不満か、琴平」

「いえ」

と応じた琴平だがなにか言いたいことがあるのは確かだった。琴平は自分の考えや感情を顔に表し、隠しきれなかった。

「考えがあれば申せ」

「諸星道場では道場主の諸星様がすべてを決められるとのことです」

代々木師範がなにかを言い掛けたが信継が手で制し、

「よその道場はよその道場のやり方があろう。わが道場は、そなたら五人に任せるというておるのだ。それでは不満か」

信継が磐音の顔を見た。

「いえ、稽古を平生どおりにし、当日に備えるだけでございますゆえ不満などございません。琴平も稽古に入れば雑念は消えておりましょう」

との磐音の答えに、

「それでよい」

と信継が応じた。

「磐音、三人の大将はだれだ、稽古はこれまでどおりと言うたが、道場で行う稽古だけでよいのか」

「琴平、さようなことはこれから五人で話し合えば良かろう。どうだな、慎之輔、統一郎、光弘」

と磐音が四人の名をそれぞれ上げて質した。

「それがしはそれでよい」

と慎之輔が答えると、

「琴平、そなたが言いたかったのはなんだな」

と琴平に質した。

「師匠がわれらに任せた以上、まず最初に大将を決めるべきだ。そうでなければ話も稽古も進むまい」

「琴平、そなた、大将を務めたいか」

と慎之輔が尋ねた。

「おれは大将の器ではない。『豊後申し合い』でも一番手で相手を掻きまわすのが務めであろう。おれは慎之輔、大将はそなたが務めるのがよいと思う」

しばし場に沈黙があった。

「この場は五人に任せようか」

信継が代々木権三郎に言い、五人から離れた。

「琴平、そなた、心からそう思うておるのか」

「おお、思うておる」

慎之輔はしばし沈思し首を傾《かし》げた。

「琴平、おぬしは大将の器ではないというたな。おれも自分のことはよう承知ゆえ言う。おれも大将の器ではない。そなた、それを承知でこの河出慎之輔の名を上げたな」

珍しく慎之輔の語調にも顔にも怒りがあった。

磐音は全く口を挟もうとはしなかった。

「われら、控えです。控えが口を開いてもようございますか」

統一郎が三人の顔をそれぞれ見ながら言った。

夏木統一郎は浦奉行支配下の三十八石の下士だ。もう一人の平田光弘は、徒士組十一石五人扶持《ぶち》の下士だ。磐音たちが中戸道場に入った時節のあと、関前藩の藩士たちの間で上士、中士は諸星道場、下士は中戸道場へ入門する傾向が顕著になっていた。

豊後関前藩に、藩政を分断する傾向が現れ、国家老宍戸《ししど》文六《ぶんろく》に近いといわれる諸星道場へ上士中士の子弟が入門し始めたと、城下では噂《うわさ》されていた。

「先生も五人で事を決めよと申されたではないか。統一郎、光弘、そなたらも申し述べたきことあらば素直に申せ」

慎之輔が二人に告げた。

「光弘の考えは知りません。私は大将の器と申されるならば、この五人の中に一人しかおられないと思います」

だれか、とはだれも口にしなかった。その代わり光弘が、

「坂崎磐音様が大将ではいかがですか」

と遠慮げに言った。

琴平がなにか言い掛けて止めた。そして、思い直したように、

「磐音、なぜ話に加わらぬ」

と詰《なじ》るように言った。

「それがしの考えか、五人が得心するまでこの話はしばし封印せぬか。稽古はこれまでどおりに道場で行う。大将を決めたいときにそうすればよかろう」

「磐音、いつものことだが、ぬえのような言い方じゃな」

と言った琴平が、

「おれは稽古を上がるぞ」

と言い残して道場から姿を消した。

「琴平め、なにを考えておる」

と慎之輔が吐き出した。

「統一郎、稽古相手を務めてくれぬか」

と磐音が願い、統一郎と稽古を始めた。そうなれば慎之輔も光弘を相手に体を動かすしかない。

四人は相手を替えながら一刻ほど汗を流して稽古を終えた。

道場の帰り道、磐音と慎之輔はいっしょに関前広小路に向かって歩いた。

「慎之輔、琴平の家になんぞ事が生じたか」

と磐音が尋ねた。

しばし無言で歩いていた慎之輔が、

「小林家では隠しておるようだが、親父の助成《すけなり》どのが持病の喘息《ぜんそく》のほかに心の臓を悪くして倒れたということだ。親父は隠居して、琴平が出仕することまで縁戚うちで話し合われていると聞いておる」

「親父どのは未だ隠居する歳ではあるまい」

「だが、病では致し方あるまい」

磐音は初めて聞く話に頷き、黙々と歩いていた。

「舞や奈緒はどうしておる」

「それがしもこのところ会うておらぬ」

慎之輔が寂し気に顔を磐音に向けた。

「最前の話じゃがな、琴平はそれがしを大将にしておけば、自分の言うことが通ると思うて、あのようなことを言い出したのではないか」

磐音は慎之輔を見た。

「あやつもおれも己の器は承知しておるわ。こたびの話も、中戸先生も代々木師範もだれが大将になればよいか、承知ゆえわれわれらに下駄を預けられたのだ、そう思わぬか」

「慎之輔、それがしが大将を務めてよいのか」

「統一郎も光弘もそなたが大将を務めることがいちばんよいことと考えておるのだ。おれも心からそう思う。それをな、琴平はすべて分かっておるのだ。あのような言辞を弄したのは」

「親父様の病が絡《から》んでのことと言うのだな」

「まず間違いなかろうと思う」

「小林家の話、城中で洩れてはおらぬか」

「琴平の家ではなんとしても親父の病を内々に治してな、奉公を続けたいと願っておろう。舞も奈緒も未だ嫁にいく歳ではないでな」

「そなた、舞を嫁にするつもりではないのか」

「その心積もりだ。だが」

と言いかけた慎之輔が、次の言葉を喉に飲み込んだ。

磐音は慎之輔が言わんとした言葉の推量が付いた。小林家では主の病を秘密にしている以上、医者にはかかっておるまいと思った。

「慎之輔、われら三人は死の時まで友じゃな」

「言わずと知れたこと、そう常に考えてきた。じゃが、琴平め、そのような朋輩の気持ちも知らんで」

「親父どのの病が琴平から平静を奪っておるのだ。慎之輔、それがしが何かできるかどうか、わが父に相談してみる」

「うむ」

慎之輔が磐音を見た。

「それがしを信用せよ。他所に洩れるようなことは決してせぬ」

慎之輔は長いこと無言で歩いていた。

二人の先に関前広小路の欅の葉が黄色に染まっているのが見えた。

「頼む、わが家では当てにならぬでな」

と慎之輔が言い、

「相分かった」

と応じた磐音は友と別れた。

二

その日、下城してきた父の坂崎正睦に磐音は小林家の一件を告げた。正睦はなにも知らなかった様子で、

「小林助成が病にかかっておったか」

とまず驚きの言葉を吐いた。

「なんぞ手立てがございましょうか」

「まず病を治すことが先決じゃが、心の臓とは厄介じゃな」

と思案した。

「ただし慎之輔の話では外に洩れるのを恐れてか、医師にはかかっておらぬということです」

「納戸頭は、さほど激務とはいえまい。しばし登城を控えたところで差し障りが出るとも思えぬ」

と言った正睦が、

「文をいくつか認《したた》める。磐音、蘭方医《らんぽうい》の岩竹良兼《いわたけりようけん》先生に届けてくれぬか」

「承知しました」

岩竹家は代々本道の医師で藩主の福坂実禎の医師の一人でもあった。

良兼は長崎に四年ほど逗留し、オランダ医師からヨーロッパの進んだ医学を学んで豊後関前に戻ってきた蘭方医だ。先代の父が三年前に急死し、良兼が跡を継いでいた。

半刻後、磐音は父の書斎に呼ばれた。

「これをな、岩竹どのに届けよ」

と一通の書状を磐音に差し出した。

すぐさま磐音は屋敷と診療所を兼ねた関前神社裏手の岩竹家を訪ねた。

岩竹の家は蘭方医の良兼が当主になって藩医としてはいちばん若い医師だった。

坂崎家の主治医ではなかったが、正睦は若い蘭方医の人柄と識見を高く買っている様子で、小林家の一件を良兼に託そうとしていた。

中老の嫡男の訪《おとな》いに良兼はすぐさま診療室に磐音を招じて面会した。三十歳になったはずだが、良兼は体も大きく若々しく見えた。

「磐音どのが病ということはなさそうな」

と笑みの顔で見た。

「父の書状を持参致しました。差し支えなければまず読んで頂けませんか」

と願った。

「なに、正睦様の書状とな、城中でしばしばお会いしておるが」

と言いながら良兼が磐音から渡された文を読み、

「心の臓が悪いか」

「はい、そのようでございます」

しばし良兼が沈思し、

「磐音どの、私の薬箱を持って小林家まで案内してくれますかな」

と言った。小林家を良兼は知らぬ様子だった。

「むろんでございます」

磐音は、岩竹家に見習医師が何人も住み込みで奉公していることを承知していた。だが、良兼が磐音に薬箱持ちとして案内を命じたのは、正睦がそう書状に認めたからだと、磐音は思った。良兼はいったん磐音の前から引き下がり、外出の仕度をしてきた。

良兼と磐音が関前神社裏の岩竹家を出たとき、秋の夕暮れが訪れていた。

「磐音どのは中戸道場の門弟じゃそうな」

良兼が薬箱を下げた磐音に言った。

「はい、五年前から中戸先生にご指導を受けております」

「とある人によると、中老どのの倅の剣術の力は、強いのか弱いのかよう分からぬ。相手に攻めさせておいて、疲れるのをいつまでも待っておるそうな。当人から攻めに転じることはまずないと聞いた。親父様が一見茫洋《ぼうよう》とした挙動で相手を油断させて、本音を引き出すのが上手なように、その血筋を引き継いだ剣術じゃとそのお方は言うておられた。その若さでそのような芸をお持ちか」

と笑いながら磐音に質した。

「岩竹先生、さような駆け引きを考える余裕はございません」

「近々臼杵で『豊後申し合い』が催されるのではないか」

「本日中戸先生がわれら若手の五人を呼んで、そなたら五人で『豊後申し合い』の稽古を考えてなせと申されました」

「磐音どのも出るな」

「おそらく」

と磐音は曖昧《あいまい》に答えた。

良兼は六尺余の背丈ですたすたと歩いていく。磐音は近頃五尺八寸に近くなっていた。ために良兼の足の運びにも従っていけた。

御番ノ辻《つじ》から広小路御南町を西へと二人は進んだ。

「中戸道場に偉才あり、ただし鷹か鳩か未だ正体を見せぬそうな」

良兼は道場の噂話もよく承知していた。

「磐音どの、他藩の若手たちと試合をなす以上、全力を出さねばなるまい。そなた、『豊後申し合い』でも己の力を出さぬつもりか」

良兼は磐音を煽《あお》るように言った。

「岩竹先生、力を出し切るつもりです」

「よし、豊後の鷹となれ、そなたならなれると見た」

と良兼が言ったとき、二人は横手通りを北へと一丁ばかり進んで屋敷小路に入った。

「磐音どの、小林家の内情を承知じゃな」

「嫡男の琴平とは物心ついたときから遊び仲間でござれば、承知しております。小林家とわが家は身内付き合いをしております」

「琴平が嫡男かな」

「それがしと同じ十七にございます。このところの琴平らしくない言動が父御の病と関わりがあるのではと、もう一人の友の河出慎之輔から教えられました」

うむ、と良兼が頷いた。

「岩竹先生、助成様には喘息の持病がございます。そのうえ心の臓が病むと厄介ですか」

「なに、喘息もちか。磐音どの、心の臓が悪いとはご当人か身内の素人《しろうと》判断じゃな」

「と、思えます。慎之輔は医師にかかった様子はないと言うておりました」

「となれば、まずは診察が先じゃな」

と当然の言葉で応じた。

「病人はいくつか承知か、磐音どの」

「三十八歳です」

「働き盛りじゃな。役職は納戸頭とか」

「はい」

「半知借上が続いておる。どこも武家方は内所が苦しかろうな」

長崎に遊学してオランダ人医師から医学を学んだという良兼は、十七歳の磐音を大人とみなして応対した。

「岩竹先生、病の治療費は高うございますか」

磐音を見て、ふっふっふ、と岩竹が笑った。

「そなたの親父どのがな、治療の費《つい》えは案ずるでない、と文で約定されておる。親子して気遣いはよいが、医師のだれもが高い支払いを請求するかの如く、世間で思われても敵わんな」

と苦笑いした。

すでに二人は小林家のすぐ近くまで辿りついていた。

「岩竹先生、それがしが先に参り、門を開けさせておきます」

と言い残した磐音は小林邸に小走りで向かった。

当然ながら冠木門も通用門も閉じられていた。

磐音は通用戸を拳《こぶし》で叩いた。しばらくすると、どなた様ですか、と問い質す門番の声がした。

「坂崎磐音です。通用門をお開け願えますか」

「おや、坂崎の若様でしたか」

長年務める門番の波津平《はつへい》が磐音の声を聞き分けて通用戸を開いた。

「かような刻限に急用ですか」

「すまぬが連れがおる。二人して入らせてもらう」

磐音が薬箱を手に後ろを振り向くと、岩竹良兼もすぐそばにいた。

通用口を跨《また》いで入った小林家は森閑としていた。

「波津平どの、通用戸を閉めてくれぬか」

と願った磐音が良兼を小林家の式台まで案内し、

「琴平はおるか、坂崎磐音じゃ」

と声を掛けた。その声に答えたのは女の声、舞だった。

「えっ、磐音様」

奈緒の声もした。そして二人の娘が玄関へと姿を見せた。

「磐音様、どうなされました」

と舞が磐音に質した。磐音が答えようとすると、

「ここからは私が応じます。母上はおられますかな」

良兼が二人の娘に言い、その声を聞いた鶴女と琴平が出てきた。

「なんだ、かような刻限に」

琴平が薬箱を提げた磐音に詰問するようにいった。

「私は蘭方医の岩竹良兼です。突然で相すまぬが、病人を診《み》せてはくれまいか」

「わが家には病人などおらぬ」

と琴平が怒鳴った。

「兄上」

舞が哀訴するように琴平を見た。二人の問答は、慎之輔が磐音に言った話が正しいことを告げていた。

「小林琴平どのかな。中老坂崎正睦様と蘭方医岩竹良兼を信頼してくれませんかな」

「な、なぜ磐音の親父様が出てこられる」

琴平の言葉は急に弱々しくなっていた。

「鶴女様、琴平、もし父御が病なれば岩竹先生の診断を仰いで頂けませぬか。いま大事なことは小林家当主のお体ではございませぬか」

遠くから弱々しい咳《せき》の音が玄関先まで響いてきた。

「母上、お願いします」

舞が磐音の申し出を受け入れる返事をした。奈緒も、

「父上の病を治してください、お医者さま」

と願った。

「よいな、琴平。それがしの節介はあとでいくらでも詫びる」

磐音の言葉を聞いた鶴女が、

「お医師様、お願い致します」

と頭を下げた。

「よし、母御どの、私を病人のところへ案内願えますか」

良兼が言い、磐音から薬箱を受け取った。

「磐音どの、これから先は私と母上が立ち合う。そなたはこちらで待ちなされ」

と磐音の名を出して、小林家の子供三人も病間には立ち会わせぬことを宣告した。

「承知致しました」

と磐音が返事をした。

良兼と鶴女が病人のもとへと消えて、子供たちだけが玄関に残された。

秋の虫が集《すだ》く声が庭から寂しげに響いていた。

「磐音、そなたの知恵か」

「琴平、われらは身内同然の間柄じゃ、少しでも役立つことなれば、そなたに嫌がられようがなす。責めるならばそれがしを責めよ」

と磐音が応じた。

「磐音様、ここに座って」

奈緒が式台の傍らを差した。

「そうじゃな、お医師どのの診立てはどれほどで終わるか分からぬでな」

大刀を抜いた磐音が式台に腰を下ろすと、奈緒と舞が磐音の両脇に座った。三人の背後に立っていた琴平が玄関から去っていった。

「父上のお身体はいつごろから悪くなったのじゃ」

磐音が舞に聞いた。

「夏前に妙な咳をするようになったあたりから、お元気がなくなられました。喘息の咳とは違います」

「そうか、だいぶ我慢なされてきたのだな」

「磐音様、父上は亡くなられるの」

「奈緒、そのようなことがあってもなるまい。ゆえに私がかような真似をなした」

と言い訳をした磐音に舞がなにかを言い掛けたが、兄の琴平がふたたび姿を見せたことで口を噤《つぐ》んだ。

磐音は小林家の門前に人の気配を感じた。だが、通用口が叩かれる気配はなかった。

「琴平、怒っておるか。ならば許せ」

と磐音が琴平に顔を向けて詫びた。

舞が磐音の手を握った。

「磐音が」

と琴平が言ったが、そのあとの言葉は出てこなかった。

「どうなるのだ、父上は」

「分かるはずもなかろう。いまはお医師どのの診断を待つだけじゃ」

と言った磐音は、

「琴平、そなた、なぜ友のそれがしに打ちあけてくれなかった。そなたがそれがしの行動を怒っておる以上に、この坂崎磐音も怒っておるのだぞ。それがしはそれほど頼りにならぬか」

「磐音」

と叫んだ琴平が、ぼろぼろと涙を流し始めた。

こんどは奈緒が両手で磐音の右手をしっかりと握りしめた。

「琴平、泣くでない。そなたは小林家の跡継ぎじゃぞ」

と磐音に諭された琴平が、

「お、おれは、おれは、そなたにはとうてい敵わぬ」

と拳で涙を拭いながら言った。

しばし磐音の口から返答はなかった。

「琴平、友同士、敵うも敵わぬもない。友ならば哀しい折、苦しいときに慰め合い、嬉《うれ》しいときには笑い合って喜びをいっしょにするだけだ」

と答えたとき、奥から岩竹良兼の足音がした。

「磐音どのか、門前に乗り物がきておらぬか、見てくれぬか」

磐音は最前の人の気配は乗り物であったか、と思った。

「ただ今確かめて参ります」

磐音は奈緒と舞の手を離して通用戸に向かった。

門前になんと坂崎家の乗り物がいて、陸尺《ろくしゃく》が磐音に無言で挨拶した。どうやら岩竹医師の帰りの乗り物を父の正睦は寄越されたか、と磐音は考えながら玄関に戻り、良兼に復命した。

「そうか、中老どのもそう判断されておったか」

と言った。

良兼は磐音に乗り物を屋敷内に入れるように命じた。

「そなたらに申し聞かせる。父上の病はおそらく心の臓ではあるまい。別の臓器じゃ。オランダ人がロングと呼ぶ臓器が病に侵されておる。喘息にも拘《かかわ》らず長年煙草《たばこ》を吸ってこられたせいかもしれん」

「あぁー」

と琴平が悲鳴を上げた。

「岩竹先生、治療はどうなされますか」

「磐音どの、この屋敷にて病人を放置しておくわけにはいかん」

と磐音に言い、語調を変えて、

「幸いな、私の屋敷内に病人専用の離れ屋を設けたばかりだ。そなたの父上は、それを承知でそれがしに病人を見るように文をつかわされたのであろう。今夜、病人をわが屋敷へと伴う。わが屋敷では煙草も酒もダメじゃ、ひたすら静養してな、体に滋養分を取り入れて、快復を待つことになる。父上は少なくとも半年わが屋敷の離れ屋で過ごすことになる」

「お医師様、父上の病は治りますか」

舞が切羽詰まった声で尋ねた。

「治る、と確約したいがそう簡単ではない。これからの父上の療養とオランダ渡来の薬が効くかどうかにかかっておる」

鶴女と小者に両脇を支えられて小林助成が姿を見せた。

磐音はその姿を見て、信じられなかった。助成は琴平同様に小柄だった。その体がさらに一段と痩せ衰えていた。

「鶴女様、最前、申したこと必ず実行してくだされ。病人の衣類や寝具は焼き払って下されよ」

磐音は岩竹良兼の言葉に驚愕《きょうがく》したが、顔色も変えず、言葉にもしなかった。淡々と受け止めた。だが、小林助成は死の病にかかっていることを悟った。

門番が冠木門の扉を開き、坂崎家の乗り物を入れた。その乗り物に鶴女らが病人を乗せた。そして、痩せた体に綿入れが着せかけられた。

病人は一言も言葉が出なかった。

「ご家族に申し伝える。今晩は、私と磐音どのが父上を預かり、わが屋敷の離れ屋に移す。母上もそなたら子供らも父上にしばらく会えぬでな、その場から別れの挨拶をなされ」

乗り物の傍らに茫然自失して鶴女が立ち竦み、乗り物の中から助成が妻と子らに視線を向けた。

琴平も舞も奈緒も一言も言葉を発しない、発せられなかった。

「では、参る」

と岩竹良兼の言葉に坂崎家の陸尺が扉を閉めた。

そのとき、磐音は坂崎家の中で今では使われてない、古い乗り物であることに気付いた。この乗り物も小林家の夜具同様に明日にも焼かれるのであろう。

「琴平、親父どのが留守の間はそなたが小林家の当主じゃぞ、しっかりと致せ」

「磐音、道場の稽古も休みじゃな」

「それはならぬ。病人は父御じゃ。そなたは一家の面倒を見て、道場稽古に通い、いつも以上に厳しい稽古を致せ。『豊後申し合い』まで日にちがあまりないでな。一日たりとも休むことは許さぬ」

と磐音が言い切った。

小林家の者たちの無言の見送りを受けて、乗り物が屋敷小路へと進みはじめた。

すると大戸が閉じられる音とは別に通用口を一つの影が飛び出してきた。

磐音が振り返ると小林琴平が拳を握りしめて乗り物を見送っていた。

片手をあげて、任せよ、という風に合図を磐音は送った。

琴平は、じいっと見送っていたが、不意に深々と頭を下げた。それに対して磐音は手を振り返したが、琴平が気付いたかどうか分からなかった。

三

秋が静かに移ろいゆく。

小林助成の病は、岩竹良兼の診療所の離れ屋に移り、煙草、酒を止めたこと、オランダ渡来の薬が効果を表したこと、きっちりと食事を摂ることでわずかながら落ち着きを見せていた。さりながら回復の兆《きざ》しは未だ見えなかった。当人が病と向き合わざるを得なくなったことが一縷《いちる》の望みであった。

一方、主のいない小林家でも病人が治療に専念していることを家人と奉公人が受け入れて、こちらも自分たちの暮らしを取り戻そうと努力していた。

中戸道場では、「豊後申し合い」の出場者が坂崎磐音、河出慎之輔、そして小林琴平と決まり、控えの二人も出場の三人の稽古相手に徹して濃密な稽古を繰り返してきた。

まず琴平の態度が変わった。

慎之輔が迎えに来る前に門前で体を動かしながら待っていた。そして、二人が道場に行くと、すでに磐音が控えの二人といっしょに道場の掃除をして、琴平と慎之輔が姿を見せたときには、直ぐに稽古が始められた。

「豊後申し合い」の先鋒琴平、中堅慎之輔、大将磐音と自然に決まった。

もはやこの順番を琴平は受け入れ、先鋒として相手方に先制する策を琴平なりに考えている稽古ぶりだった。

中堅の慎之輔は、自分の力と気性を考えた末に、勝ちを得ることより負けぬことを念頭に稽古をしていた。

大将を務める磐音は、先鋒、中堅の相手を務めた上に控えの二人とも稽古をした。神伝一刀流の上位者が務める受け方に徹して、攻め方の琴平と慎之輔の相手を辛抱強くこなしていた。

琴平の父の病が三人の意識を変えていた。

このことを承知しているのは坂崎正睦から書状で知らされた中戸信継だけだった。師範の代々木権三郎が信継に、

「このところあの三人、変わりましたな。なにより琴平の無駄話が一切なくなっ

た。昔の琴平はどこへ消えたのでしょうかな。なぜかくも必死に稽古をするようになったのか」

と尋ねたが、信継は、

「それがしも事情は分からぬが、五人の稽古を磐音が先導していることは確か」

と応じたのみだった。

「師匠、磐音は大将の器が生まれつき備わっておりますな。されど自らの稽古はどうしておるのでしょうかな。琴平らの稽古相手に徹しているように見えますがな」

「師範、磐音は琴平らの稽古相手をしながら自らの稽古をなすすべを承知しております。おそらく屋敷に帰り、独り稽古をしているのでしょう」

「控えの二人も力をつけてきた」

「それです。まあ、五人に任せてよかった」

そんな会話が行なわれる最中、臼杵藩に向かう日が近付いてきた。

関前から臼杵へ行くには臼杵道を通る。この徒歩道では海を見ながらいくつもある岬を避けて峠を越えねばならなかった。「豊後申し合い」は藩の威信をかけた対抗戦だ。関前藩では、中戸道場と諸星道場にそれぞれ一隻《せき》ずつ帆船を仕立てて乗せていくことにした。二つの岬を回り込んでいくために徒歩と同じくらいに時を要したが、徒歩でいくより楽だった。

その出立《しゅったつ》の前日の最後の稽古日、信継が、磐音ら三人の稽古相手を務めた。

まずは先鋒の琴平に、

「わしを対戦相手の先鋒と見立てて、本気で攻めてこよ」

と命じると、琴平は、はっ、と短く答えて竹刀を構えて呼吸を整え、

「お願い申します」

と挨拶すると一気に踏み込んでいった。

これまで以上に琴平の動きは敏捷で、どこから竹刀が飛んでくるか、分からぬほど迅速だった。むろん信継は琴平の動きはとくと承知しているゆえ、間断のない打ち込みを丁寧に弾《はじ》き返し、次の動作に移る、

「間」

を与えた。琴平には守るという概念は全くなかった。ただひたすら必死の形相《ぎょうそう》で動き回り、攻め続けた。以前の琴平ならば攻め疲れで自滅した。だが、琴平は師匠相手に動き回り、飛び回る中に不意に「間」を造り、相手方に攻めるきっか

けを作らせる企てを何度か試みた。

(琴平め、考えおったな。いや、この間の取り方と相手を誘い出そうという企ては磐音の教えか)

この十数日の稽古を振り返った。

信継は琴平が疲れを見せたとき、初めて反撃した。これまでの琴平なら師匠の反撃に腰砕けに床に倒れ込んだであろう。だが、体勢を崩しながらも師匠の反撃になんとか耐えた。

「よし。これまで」

信継が稽古の終わりを告げた。

「ご、ご指導、あ、ありがとうございました」

と荒く弾む息の下で琴平が礼を師匠に述べた。

「琴平、えらく殊勝じゃな」

師範の代々木が洩らしたほどだった。

「次、河出慎之輔」

と呼ばれて立ち上がろうとした慎之輔に、磐音がなにか一言声を掛けた。すると慎之輔が頷き返し、師匠の前に立ち、一礼した。

「よいな、わしは師匠の中戸信継ではない。対戦相手じゃぞ」

と注意し互いに竹刀を構え合った。

慎之輔は神伝一刀流の基どおりに真っ向から仮想の敵方、師匠を攻めた。むろん信継には真っ向正面から立ち向かっても敵うはずもない。だが、慎之輔は奇策を用いることなくひたすら流儀の基本に愚直に徹して攻め続けた。同時に相手方の反撃に対し、間をとり、外す策を念頭に置いていた。

（慎之輔め、いや、磐音め、敗けをせぬ策を慎之輔にとらせおったわ）

信継は慎之輔の攻めの間合いを見て、反撃を試みた。すると慎之輔が即座に間合いをとった。

「よし」

上位者には利くまいが同年齢の相手には、有効かもしれぬと思いながら、
と稽古を打ち切った。

「磐音、そなたはどうするな」

と信継が尋ねた。

「師匠、どうすると申されますと」

「そなた、道場で本気を出したことはあるまい」

「考えたことはないか。だが、そなた、受けは見せるが本気で攻めることはしまい。そこで注意しておく。こたびの『豊後申し合い』、本気で攻めよ。関前藩の名誉とか功績とか、さようなことは二の次じゃ。そなたは頭ではのうて、本能で戦いの場を選ぶ癖を隠し持っておる」

と信継が言った。

「いえ、さようなことは」

中戸信継は、磐音が魚島で諸星道場の六歳上の門弟坂出進太郎を先手一撃で倒したことや、南町筋裏の「口入屋」と称して賭場を開くやくざ者の池田屋菊五郎の若い衆を成敗したことを承知していた。

「この場でわしを攻めよと申したところで本気は見せまい。最前の繰り返しじゃが、そなたが剣術を本気で修行したいのであれば、他藩の若手連と本気で立ち合ってみよ。豊後は狭いようで広い、どこの藩にどのような逸材がおるか、本気で立ち合うのだ。よいか、磐音」

磐音は師匠の言葉を吟味したあとに、

「承知致しました」

と答えていた。

磐音は結局信継の指導を受けることなく明後日の「豊後申し合い」を迎えることになった。

稽古が終わったあと、慎之輔ら四人が磐音のもとへ集まった。

「磐音、頼みがある」

と琴平が言った。

「なんだ」

「おれの妹たちが『豊後申し合い』を見たいと言うておるのだ。女子が見物してはならぬか」

「なに、舞と奈緒が見物したいというのか」

磐音は沈思したあと、

「中戸先生にお聞きしてくる。先生が断られたらもはや策はないぞ」

「それでよい」

と琴平が答えた。話を聞いた信継が、

「女子が『豊後申し合い』をな。これまで試合場で女子の姿を見たことはないが、女子の見物禁ずの触れもまたないと思うたな」

と黙考した。小林家の事情を考え併せているのだろう。

「よし、二人の妹をわが道場の手伝いとして同行させよう。ただし臼杵藩に至り、主催する藩士方に断られた折は、もはや手のうちようはないぞ。それを承知なら同道を許す。ともかく臼杵行が二人の姉妹の気持ちを変えるきっかけになればよいがな」

と信継が決断した。


翌朝、関前藩の風待湊に二隻の帆前船が止まり、一隻には諸星道場の出場者や道場の関わりの者がにぎにぎしく乗り込んだ。そして、もう一隻には中戸道場の面々が乗船した。だが、舞と奈緒の姿はなかった。

坂崎家から中老の正睦が中戸道場の帆前船に同乗することになった。磐音の父親としてではない。関前藩の責任者として同行するのだ。ただし磐音が琴平の妹たちの願いを昨日のうちに正睦に告げていた。

磐音らが乗る帆前船は、諸星道場の帆前船のあとに出立した。

風待の内海に出たとき、船上に地味な関前絣《がすり》を着た姉妹が姿を見せた。舞と奈緒は、皆に会釈《えしやく》すると正睦と信継が話しているところに行き、舞が、

「中老様、中戸先生、こたびは無理なお願いをお聞き届け頂きましてありがとうございます」

と緊張の面持ちで挨拶をした。それを見た琴平も妹たちのところに歩み寄った。

「兄の活躍が見たいか」

と信継が舞に聞いた。

「いいえ、兄だけではのうて、慎之輔様、磐音様の試合ぶりを見たくてご無理を申しました」

「そうか、そなたら三家は身内同様の付き合いであったな」

信継が言い、

「中戸先生、姉妹を満足させる試合ぶりを先生の門弟は見せますかな」

と正睦が尋ねた。

「さあて、どこの藩も久しぶりの『豊後申し合い』開催でございます。なかんずく主催の臼杵藩は、絞りに絞り込んで精鋭を選んだとのこと、うちがどこまで残れるか推量もつきませんな」

「中戸先生」

とそれまで黙っていた奈緒が口を挟んだ。

「中戸道場は最後の最後まで勝ちぬきます」

「兄がおるでな」

「いえ、違います。磐音様が最後に控えておられるからです」

「おお、そなたは磐音が強いと思うておるか」

「はい。どなたにも負けません」

奈緒が言い切った。

「ご中老、わが道場にえらい助勢が同行いたしましたな」

と信継が笑い、言った。

「奈緒の言葉にいささか付け加えますとな、それがしも磐音次第とみております」

「わが倅次第ですと」

と正睦が驚いた。

「中戸先生、それがしの剣術の腕前をご存じでござろう。全く箸《はし》にも棒にもかかからぬ手合い、その血筋とすると倅の力も判断がつき申す。奈緒の願いが聞き入れられるのは難しゅうござろう」

正睦が淡々と言った。

「ご中老はご存じないようですな。磐音の真の才はそれがしを含めてだれも知りませんでな」

「どういうことです、中戸先生」

「磐音は本気勝負に強いのです。であろう、琴平」

とその場にいる姉妹の兄に質した。

「はい、磐音は腹がすわっています。どのような相手にも臆することはございません」

「そなた、磐音が戦うのを見たことがあるか」

「はい。九歳の磐音が六つ上の諸星道場の者を相手に木刀の一撃にて叩き伏せました。相手はすでに本身の刀を構えていた相手でした」

「なに、さようなことが」

この件を承知の信継が頷いた。

「ご中老、そなた様の才はしっかりと磐音に伝わっておりますぞ」

「わしの才か、城中では朴念仁《ぼくねんじん》と陰口を叩かれておるわしの才があやつに伝わっていては、いよいよ奈緒の期待には応《こた》えられまい」

「琴平、どうか」

信継が琴平に問いを振り、

「磬音ならば奈緒の期待に応えてくれましょう」

と琴平が正睦と信継の前ということもあって、真面目な顔で答えた。

磬音と慎之輔は、雄美岬を回りこむ舳先に立って、野馬が草を食《は》む光景を見ていた。そこへ小林家の三人が寄ってきた。

「見違えたな」

慎之輔が関前絣を着た舞を見て言った。

「どう見違えられました」

「まるで大人の女子のようじゃ」

慎之輔が眩《まぶ》しげに舞を見て告げた。

「大人の女子ですか」

「おお、そう思わぬか、磬音」

と傍らの磬音に賛意を求めた。

「いかにも舞は美しい女子じゃ」

磬音の言葉に、ふっふっふふと、舞の顔が綻《ほころ》んだ。

「磐音様、奈緒も美しい女子ですか」

妹が磐音に問うた。

「奈緒、そなたは未だ幼い娘じゃ。舞の美しさに達するにはあと何年もの歳月がかかろうな」

「磐音様のいじわる」

奈緒が言い、手を握って振った。

「奈緒、さような真似をしておると臼杵で『豊後申し合い』の場に入れぬぞ」

えっ、と驚きの言葉を発した奈緒が磐音から慌てて手を離した。

帆前船は長く速吸瀬戸の南に突き出した蒲戸崎《かまとざき》に向かって進んでいた。すると西海道《さいかいどう》の方角から陽が上ってきた。

丸くも赤い日の出だった。

「慎之輔、琴平、未だ時があろう。稽古を致そうか」

と磐音が二人を誘い、控えの平田光弘と夏木統一郎を呼んだ。

「えっ、船上で稽古ですか」

統一郎が驚きの顔をした。青い顔は早船酔いしたことを物語っていた。

「船酔いならば見ておれ」

昨夜寝る前に、正睦が坂崎家の刀簞笥《だんす》から古備前包平《かねひら》を出して、

「もはやそなたの背丈ならばこの包平でも差しておかしくなかろう」

と臼杵行に貸し与えた。その包平を磐音は使ってみたかったのだ。

「おい、見慣れぬ刀じゃな。えらく長いではないか。おれでは半分も抜くことはできまい。磐音、抜けるか」

と琴平が尋ねた。

「さあてな」

と場所を見定めた磐音が、

「舞、奈緒、よいか、近くに寄るでないぞ」

と改めて注意し、足腰を定めてしばし瞑想《めいそう》し、瞑目のままゆっくりと鯉口《こいぐち》を切ると、刃を緩やかに抜いていった。当然その動きでは刃渡り二尺七寸（八十二センチ）の業物《わざもの》は抜ききれなかった。

「やはりな」

と琴平が言ったとき、磐音はいったん刃を戻した。そして、瞑目していた両眼を、
くあっ
と見開いた。

次の瞬間、磐音の右手が柄《つか》に掛かり、一気に包平を抜き上げると虚空へ振り上げた。

「嗚呼《ああ》ー」

と琴平が悲鳴を上げた。

「ご中老、ご覧になりましたな。倅どのの技を」

「驚きましたな」

というのが坂崎正睦の返事だった。そのとき、父親は倅の剣術の才を初めて知らされたのだ。

四

臼杵藩は、豊後国海部《あまべ》郡のほぼ北半分と、これに接した大野《おおの》郡のおよそ三割を領有し、また大分郡内にも一万三千余石の藩領地を有した外様小藩である。

藩主の稲葉氏は、伊予国の河野氏の支流で越智氏の出にして、さらに古くは美濃国に住まいしていた。

織田家から豊臣家に仕えたのち、関ヶ原の戦いで徳川家康に与《くみ》して戦い、おかげで藩祖の貞通が慶長《けいちょう》五年（一六〇〇）に臼杵を安堵されて入封した。

外様の稲葉氏の領地は三郡合わせて五万石、小藩が乱立する豊後では、関前藩同様に石高はあったが、藩財政は決して豊かではなかった。

臼杵城は、豊後の他藩の多くがそうであるように戦国時代末期、大友宗麟が基を築いていた。その領地に臼杵の内海を有し、城下町は臼杵川河口の右岸に形成されて、海を通じて交易が盛んだった。

稲葉氏の治世下、町割りが積極的に行われ、

「町八丁」

と呼ばれる城下の商家は唐人町、懸町、浜町、畳屋町、本町、新町、田町と整備された。ところが享保《きょうほう》年間（一七一六〜三六）の、

「西国大飢饉《ききん》」

で四万余石の領地に多大な損害を被り、元文《げんぶん》二年（一七三七）にも領地高六割が災害に見舞われ、減祖《げんそ》などを領民が要求した。ために藩財政は深刻な状況に陥って、

「元文騒動」

を引き起こしていた。そこで家臣の中西九兵衛を御勝手方《おかってがた》総元締にして藩財政

改革が行われていた。その策とは、

「入るを量り、出づるを制する」

との考えの緊縮財政である。

臼杵藩、関前藩ともに海と山の恵みを持ちながらも、その物産を領内消費にしか活かしきれず、飢饉に度々見舞われたこともあり、苦しい藩財政が続いていた。

「豊後申し合い」を主催した意味もただ剣術の交流のみならず、豊後国内で新たな交易が生み出せないか、当代の藩主稲葉泰通らの考えがあってのことだった。

そんな臼杵城下に岡藩七万四百四十石、関前藩六万石、杵築《きつき》藩三万二千石、高松藩二万二千二百石、府内藩二万千五百石、佐伯《さいき》藩二万石、森藩一万二千五百石の七藩が集まり、主催藩臼杵を加えて八藩十六組の団体戦で試合をなすことになった。

ちなみに岡藩と主催の臼杵藩が各三組、府内藩、関前藩、杵築藩、佐伯藩がそれぞれ二組、高松藩と森藩が一組の都合十六組の出場であった。

関前藩は六万石と石高からいえば二番目の外様大名であった。だが、二組に留めたには理由があった。他の七藩は若手藩士全体から腕を競わせ、一ノ組から三ノ組と力のある順に三人組を決めた。だが、関前藩は、諸星道場と中戸道場にそれぞれ一組ずつを選ばせた。藩が介入すると上士を中心にした選抜になることを避けるという建前だが、本音は藩が介入して費えを出すことを控えたというのが真実だった。

ともかく六万石ながら二組だけの出場に他藩から、

「関前藩はわずか二組に絞り、少数精鋭かな」

と皮肉を言われ、

「道場単位で出場を決められたにはなんぞ意図がござるか」

などと坂崎正睦や中戸信継、諸星道場の諸星忠義《ただよし》などは問い質された。坂崎正睦は、

「関前藩は武辺の国柄ではござらぬ。若手にそう人材はおらぬでな、城下の町道場にそれぞれの選抜を任せたのでござるよ」

と答えていた。ちなみに臼杵藩も関前藩も未だ文武の殿堂たる藩校を所有していない。ためにこたびの「豊後申し合い」は、野天に試合場が設けられていた。

関前藩の諸星道場は佐伯藩の二ノ組とあたり、順当に勝ちを得ていた。

中戸道場は初戦から強豪と噂される府内の一ノ組が対戦相手だ。

府内藩は石高こそ二万石そこそこだが、九州六カ国太守大友宗麟の拠点であった国柄だ、自負があった。とはいえ、キリシタン大名の大友氏の時代は遠い昔、天正《てんしょう》六年（一五七八）に薩摩国の島津義久と日向国耳川《みみかわ》の合戦で大友氏は敗《やぶ》れ、勢力を段々と削《そ》がれていった。江戸時代になると松平忠昭が入封していた。松平の名が示すように譜代《ふだい》大名の意地を見せたい思いがあった。

その府内藩一ノ組の先鋒は背丈が六尺を超えた偉丈夫だった。

「琴平、先手必勝だぞ」

相手方より一尺以上も小さな琴平に慎之輔が忠言した。

「慎之輔、おれがそなたに、喧嘩《けんか》の仕方を教えてやる」

と言い残すと野天の道場に出ていった。そして、六尺余の偉丈夫とちびの琴平が一礼し合い、竹刀を構え合った途端、琴平が長身の相手の内懐に飛び込み、胴にびしりと竹刀を叩きつけて転がしたのだ。

なんともあっけない一瞬の勝負だった。次の相手の中堅は、琴平の迅速に対応して先手を狙った。その対応を予測していたように琴平は、ひょい、と横っ飛びに避けると、慌てて琴平の動きに合わせようと向き直った相手方の胴に決めた。

おおっ！

とどよめきが臼杵城一ノ丸明地に起こった。

「兄上がまた勝ちました」

奈緒が驚きの声を洩らすと、

「兄上の動きはもはや通じないわ」

と舞が答えた。

だが、琴平は相手方の大将との間合いを飛び跳ねて外し、相手方の苛立《いらだ》ちを誘い、一瞬琴平が動きをとめたところに面打ちが飛んできた。同時に琴平の内懐に入っての胴打ちが決まり、相打ちに終わった。

一回戦はなんと琴平一人で相手方を負かしていた。

「中戸どの、そなたの門弟には異才がおられるな」

と臼杵藩の家臣が、

(あれは剣術ではあるまい、見世物芸じゃ)

といった、蔑みの表情でいったものだ。

「まあ、剣術には人それぞれの考えとかたちがありますでな」

と信継はあっさりと躱《かわ》していた。

一回戦が済み、八組が残った。

二組が勝ち残ったのは岡藩、関前藩だけで、臼杵藩など四藩が一組だけ二回戦に進むことになった。

二回戦、中戸道場は岡藩の一ノ組にあたった。こちらも強豪中の強豪だ。

「おい、疲れておらぬか、琴平、おれが先鋒を務めてもよいぞ」

と慎之輔が琴平に気を遣ったが、

「最前叩かれた脳天が痛いが、この程度ならばおれが先鋒じゃ」

と出ていった。

岡藩の一ノ組は琴平より二寸ほどしか違いがない小柄な相手で、機敏迅速に動く二人はなんとも目まぐるしい試合になった。その結果、二人の相打ちで終わった。

初めて慎之輔が登場した。

慎之輔は、相手に攻めさせて攻め疲れの作戦に出た。勝ちはせぬが負けもせぬ、慎之輔独創の戦法だ。ところが慎之輔の予想に反して素早く相手が動いた。敢然と踏み込んで面を打つところを慎之輔も小手に返し、相打ちになった。

これで大将同士の一騎打ちになった。

磐音は正眼の構えで相手が攻めてくる瞬間を静かに待った。

「あの者、あの若さで後の先を狙っておるか」

と呟きが会場から洩れたとき、岡藩一ノ組の大将が自ら間合いの内に入り、不動の磐音の小手を狙った。磐音はそれが外されることを承知の小手狙いと察しながら、竹刀を合わせて外した。すると相手の竹刀が迅速に面打ちに変化した。動きの中にも隙がなかった。

磐音は竹刀を振るうことなく相手の体に胸を合わせて押した。ために相手の面打ちは効を奏さなかったばかりか、次の瞬間には磐音の竹刀が相手の面に、びしりと決まっていた。

こたびの「豊後申し合い」の優勝候補の一角が二回戦で敗れさった。

どよめきが起こった。

関前藩の中戸道場が優勝候補の二組を退けて勝ち残った。

そのどよめきが鎮まらぬうちに登場した関前藩諸星道場の三人は、中戸道場の思わぬ活躍に気負ったか、森藩の先鋒に三人を負かされて完敗した。

二回戦を終えて岡藩の二ノ組、関前藩の中戸道場、臼杵藩の一ノ組、森藩の四組が勝ち残ったことになる。

大手門の中の特設試合場とあって町人の見物も女衆もいない。いや、正睦と信継が臼杵藩にどう交渉したのか、舞と奈緒が中戸道場の付け人としていた。

中戸道場の三人は、主催藩の臼杵藩一ノ組と決勝に進むために対決することになった。

磐音は初めて先鋒の琴平に忠言した。

「負けを恐れるな」

「言うことはそれだけか」

「そうだ」

「磐音、そなた、おれを舐《な》めておるな」

と言い返した琴平が五度目の試合に出ていった。

「兄上は大丈夫でしょうか」

「奈緒、兄上は上出来です」

と姉の舞が答えた。

磐音も舞も、動き回り駆け回る琴平に疲れが見えていることを承知していた。

だが、琴平はひと泡吹かせる気持ちで相手方を見た。こちらも琴平より七寸は大きく、胸板の厚い体付きの男は鼻ひげまで生やしていた。

（この顔がおれと同じ歳か）

と琴平はびっくり仰天した。そのせいか、相手に先手を取られ、面打ちを決められてすごすごと退場してきた。

慎之輔が出ていき、琴平がこの日二度も竹刀で叩かれた頭を押さえながら、

「磐音、そなたがおれに妙な忠言をするせいで負けたではないか」

と吐き捨てた。

中堅の慎之輔は琴平より相手方の先鋒に抗うことができないまま敗退した。

「あやつ、臼杵の一ノ組の先鋒だけある、強いぞ」

慎之輔の言葉に頷き返した磐音が立ち上がった。

そして磐音は臼杵藩の先鋒を胴、中堅を小手、そして大将を面打ちで鮮やかに決めて決勝へと勝ち上がった。

「ご中老、どうですな、倅どのの才は」

と小声で信継が正睦に聞いた。

「出来過ぎですな」

「いえ、未だ才と力を出し切っておりませんな」

「どうして言えます」

「最前の臼杵戦ですがな、磐音は先鋒を胴打ち、中堅を小手、大将を面打ちで決

めておることにお気付きですかな」

「な、なに、磐音は技まで変えて相手を打ち込んでおると申されますか」

「さよう」

という会話を舞と奈緒の姉妹が聞いていた。

続いて準決勝のもう一組は岡藩の二ノ組と森藩の対戦になり、大将同士の鬩《せめ》ぎ合いで森藩の大将が小手に決めて勝ちを得た。

決勝は大方の予想を裏切って、前評判が高くなかった関前藩の中戸道場と、参加した藩の中で一番石高の低い森藩との戦いになった。

森藩の久留島《くるしま》家はその昔瀬戸の水軍の出だ。海から山へと配置換えされたのは、関ヶ原の戦いで西軍に与した不運ゆえだ。

貧寒とした玖珠《くす》の山奥に陣屋しかない領地には、三つの飛び地が速見、日田、玖珠の三郡にあった。

玖珠に本拠を持つ森藩は、海に接した頭成《かしらなり》を明礬《みょうばん》が生産される飛び地として得たことで、豊後明礬を藩の御手山《おてやま》として一時全国の明礬市場を独占した。だが、十八世紀に入ると御手山の明礬は生産手段をめぐり、盛衰を繰り返していた。

そんな森藩久留島家が豊後国で名を上げるとしたら、「豊後申し合い」のような場で活躍するしかない。

先鋒の島村六郎助《しまむらろくろうすけ》は一刀流に学び、琴平と同じく小柄な体付きをしていた。だが、琴平のように動き回る剣術ではない、正統な試合巧者ぶりで勝ちを重ねていた。

「琴平、引き分けでよい」

と磐音が最後の戦いに挑む琴平に言った。

なにっ、という険しい顔で琴平が大将の磐音を睨んだあと、ふうっ、と一つ深呼吸して出ていった。

島村六郎助と小林琴平の試合は互いに正眼の構えで睨み合いに始まり、阿吽《あうん》の呼吸で二人が踏み込んだあと、これまでになく目まぐるしい打ち合いになった。長い一連の攻め合いの最中、琴平が不意に間を開いて竹刀を構え直した。その瞬間に六郎助は攻めかかった。琴平はその攻めを待っていた。六郎助の攻めを外すと、反対に鮮やかな面打ちを琴平は決めた。

「兄上」

と舞が喜びの声を上げたが、
うおっ

というどよめきにその声はかき消された。

決勝戦は三人が勝ち抜きではなく、先鋒は先鋒同士の試合で決着をつける方式だった。琴平は満面に笑みを浮かべて、

「どうだ、磐音」

という顔付きで慎之輔と磐音のもとへ戻ってきた。

磐音は琴平を頷きで迎え、慎之輔に、

「引き分けはなしじゃ、勝て」

と命じて送り出した。

引き分け戦法を得意とする慎之輔は、勝ちを大将の磐音に命じられたため、これまでの戦い方とは異なり、積極的に前へ出るしかなかった。数合の打ち合いのあと、相手方の中堅日邨三郎右衛門《ひむらさぶろうえもん》の胴打ちを受けて敗れた。

「ああー」

と舞が悲鳴を上げた。

磐音は、笑みの顔で慎之輔を迎え、ゆっくりと立ち上がった。

森藩の大将浅川忠助《あさかわちゆうすけ》は、直心影流を父親から指導されてきたという。背丈は五尺六寸だが、体の均衡がとれ、軽やかな動きは稽古を積んできたことを磐音に想

起させた。

「さあて」

と中戸信継が短く洩らした。この短い言葉のなかに信継の期待が込められていた。

大将同士の戦いで「豊後申し合い」は決着がつく。

二人は一礼をし合い、竹刀を正眼へと置いた。

磐音は、竹刀の切っ先を浅川忠助の両眼の間にかるくつけるように構え、待ちの姿勢を示した。磐音がこたびの各試合で初めて見せた、得意の戦法だった。

一方、受けの姿勢で待たれた浅川忠助も同じく待ちの構えで対戦者の磐音が動くのを待った。

互いが同じ戦法のために動きのない長いときが経過した。だが、この静かなる不動の対決は、どちらかが仕掛けたときに勝敗が決すると、見物のだれもが考えていた。

秋の陽が傾き、臼杵城のあちらこちらから虫が集き始めた。

臼杵城の鐘撞楼の鐘が暮れ六つ（午後六時）を示す音が暗くなりかけた野天の道場に響いた。

虫の声が鐘の音に消えた。

その瞬間、浅川忠助が敢然と磐音に向かって踏み込み、険しい面打ちを放った。

一方、磐音は浅川の動きを待って、後の先を企てた。

正眼から胴へと静かなる竹刀が伸びやかな光になって秋の薄闇《うすやみ》を切り裂き、面打ちが届く寸毫前に胴打ちがびしりと決まった。

浅川忠助が体をよろめかせたが、踏みとどまり、姿勢を正すと、

「参りました」

と磐音に声をかけ、

「対戦有難うございました」

と磐音が応じた。

臼杵城内の野天道場に沈黙が支配したのち、どよめきが起こった。


次の日の未明、臼杵の内海を出た中戸道場の一行を乗せた帆前船は、速吸瀬戸を東に飛潮鼻《とびつちよばな》へ向かっていた。

舳先に立った磐音は長目の岬に色付いた紅葉を眺めていた。

磐音の背後で人の気配がした。だが、不意に足をとめた。

「奈緒、ここに参れ」

と後ろも向かずに奈緒を呼んだ。

「なぜ奈緒と分かりました」

「奈緒なれば見ずとも分かる」

磐音の傍らに立った奈緒も磐音の視線の先を見た。

長目の岬が紅葉を始め、桜紅葉、柿紅葉、櫨《はじ》紅葉、漆《うるし》紅葉やむかごの黄葉など
に染め分けられていた。

「秋はきらいです」

「どうしてか」

「寒くて寂しい冬がやってきます」

磐音は奈緒の手を穏やかに摑んだ。

二人の間に沈黙があった。

「磐音様、『豊後申し合い』に勝って嬉しくはございませんので」

「どうしてそう思う」

「兄上と慎之輔様は喜んでおられます」

「この磐音は違うか」

「姉上も磐音様は嬉しそうではないと言うておられます」

しばし磐音は沈黙した上、

「われらが勝ちを得たのは、私が慎之輔と琴平を利用したからだ」

と磐音が言った。

「どういうことでございますか」

「奈緒の歳では分かるまい。もう少し先になったら説明致す。それでよいか」

奈緒がこんどは間を置いて頷いた。

「奈緒、父上の病は一、二年の歳月を要する。じゃが、必ず治ると信じて待つのだ。奈緒には身内もいれば、慎之輔や私もいる。なんでもよい、身内に言い難いならばこの磐音に申せ」

磐音が話題を変えた。

奈緒は磐音が兄や慎之輔とは違うことを考えていると思った。磐音はずっと先のことが頭にあるのだ、と思った。

「はい、必ず磐音様に相談します」

手を握ったままの二人は、秋色に染まった長目の岬に眼差しをいつまでも向けていた。

第四話　寒梅しぐれ

一

この日、坂崎磐音は佐々木《ささき》家の隠し墓がある東叡山寛永寺《とうえいざんかんえいじ》子院寒松院に月参りをした。

秋が去り、冬が到来していた。

磐音は妻のおこんに言われて羽織の下に薄い綿入れの袖《そで》なしを重ねていた。

墓に詣でて立ち上がったとき、磐音の頭に遠い昔に約定しながら果たせなかったことが過《よぎ》った。

「豊後申し合い」で関前藩中戸道場の河出慎之輔、小林琴平、そして坂崎磐音の三人組が、豊後の大名諸家十六組の頂点に立った折のことだ。

臼杵城下から帰り船で奈緒に問われて、

「われらが勝ちを得たのは、私が慎之輔と琴平を利用したからだ」

と答え、

「幼い奈緒には分かるまい、もう少し先になったら説明致す」

と言いながら、すでに四十数年の歳月が過ぎ去っていた。

奈緒はもはや二人だけの問答を忘れていよう、と磐音は思った。一方、剣術家坂崎磐音は、あの「豊後申し合い」の経験があったゆえに道筋が立ったと思った。

むろん半生の大半は、磐音が予想もしない展開の連続であった。

あの悲劇のあと、すべてを、許婚《いいなずけ》の奈緒まで失った磐音に残されたのは剣術修行であった。その折、「豊後申し合い」の経験が役立ったと思った。

剣の道は所詮孤独の積み重ねの上に成り立つのだ。

「豊後申し合い」の試合が個人戦であれば、磐音の戦いは異なったであろう。三人一組で戦うと聞いたとき、磐音は敵方を考えるより、先鋒琴平、中堅慎之輔、そして大将の己の役割を考えに考えた末に、二人に勝ち負け引き分けを巧みな言葉遣いで命じた。

その結果、決勝の森藩の大将との相対勝負に持ち込んだのだ。

剣の道は強いから勝つとは言い切れなかった。また弱いから負けるとも言えなかった。磐音は琴平と慎之輔の技量と気性を利して、相手より有利に戦いを進めてきた。そんな己が嫌だった。ゆえに九歳の奈緒に説明できなかったのだろう。今や慎之輔と舞、琴平はこの世になく、磐音の他は奈緒だけが生き抜いて己の描いた夢を実現していた。

もはやあの問いに答える要はあるまい、と寒松院の松を揺らして粉雪が降り始めたのを磐音は見ていた。

明和四年（一七六七）の冬のある日、豊後関前城下に一尺余の積雪を見た。磐音が物心ついてから初めて経験する大雪だった。

坂崎磐音は藩主となった福坂実高《さねたか》の命により小姓組《こしょうぐみ》として奉公していた。父の正睦も中老職として出仕していたから、親子しての奉公だった。その代わり磐音の給金は、下士程度のものだった。豊後関前藩の財政は磐音の少年時代よりさらに逼迫《ひっぱく》していた。とはいえ、磐音は格別に給金が要《い》るわけではなかった。磐音は江戸に出て剣術修行をしたい旨を、藩主の実高にも中戸信継にも願っていた。磐音はおそらく一、二年うちには実現しそうな感触を得ていた。

雪が降り続ける未明、磐音は菅笠《すげがさ》に合羽《かっぱ》代わりに蓑《みの》をつけて中戸道場に向かった。

「豊後申し合い」から五年の歳月が過ぎて、河出慎之輔も小林琴平もそれぞれ独創の剣術を確立しようとしていた。

磐音は神伝一刀流中戸道場の門弟として稽古に励み、己の技量を磨いてきた。

その朝は、雪のせいかだれ一人門弟の姿はなかった。

磐音がいつものように道場の掃除をして、神棚の水を替えようとしたとき、道場主の中戸信継の声がした。

「磐音だけか。まあ、この雪ではのう」

と言い、玄関先に目をやって未だ降りやまぬ雪を見た。

「先生、私が神棚の水を替えてようございますか」

「頼もう」

と磐音に願った。

神棚の水を替えて榊《さかき》を上げ、信継と磐音は拝礼した。

「磐音、もはやそなたに教えることはないが、稽古を致そうか」

「先生、ご指導願えますか」

と磐音は喜びの声を上げた。

磐音は「豊後申し合い」以降、一段と厳しい稽古を繰り返し、先輩門弟のだれからも、

「磐音め、仏と思うたが鬼になりおったぞ」

と稽古相手を疎《うと》まれるようになっていた。

慎之輔や琴平相手に稽古はしたが、

「磐音はわれらではもの足りぬとよ、慎之輔、あやつが手を抜いておるのが分かるか」

「手を抜いておるわけではあるまい。われらの力に合わせているのだ」

「慎之輔、それが手を抜いておるというのだ」

など言い合い、昔ほど磐音相手の稽古をしなくなった。

いつしか関前城下にも、

「中戸道場の師範代どのは、豊後を制して鬼人になられたそうな」

などと嫌みが流れるようになっていた。

磐音の耳にもなんとなくそのような風聞は入ってくる、だが、意に介さなかった。というのも己の剣術は未だ完成していないと考えていたからだ。ただ今はが

むしゃらに稽古をし、己の剣技を確立するときだと思っていた。

相手がいなければ独り稽古をすればよい、それだけのことだと思っていた。

信継と磐音は木刀を手に一刻余り稽古を続けた。当然ながら師匠の信継が受け太刀、弟子の磐音の仕太刀だ。

磐音は神伝一刀流の形を基から丁寧に始めた。得心できないときは幾たびも繰り返した。そして、最後の奥伝の形を終えたとき、一刻余が経っていた。

雪は相変わらず降り続いて、積雪は一尺五寸から二尺はあった。

中戸道場の紅葉の枝に白い雪が積もって垂れ下がり、地面の雪に触れるほどだった。

「これでは外堀屋敷町まで帰れまい。いや、本日、出仕は叶うまい。もうしばらく道場に残っておれ。雪見酒でも催そうではないか」

と言い残した信継が道場に接した母屋に姿を消した。

信継は生涯を独り身で過ごした。剣術に身を捧げたともいえる。母屋には老母のはまと一人の男衆《おとこし》と小女がいた。

磐音は一人になったとき、稽古着から普段着に替えた。そして、庭側の雨戸をすべて開けた。そのほうが回廊越しに庭に降る雪がよく見えたからだ。幅三尺ほどの回廊にも雪がうっすらと積もっていた。風はないので回廊に吹き込んでくることはない。

着替えをして綿入れを着込んだ信継が、貧乏徳利と茶碗を二つ持参してきた。さらに男衆が火鉢《ひばち》と円座の二つを道場に運んできて、最後に老母のはまと小女が折敷《おしき》膳に酒の菜を載せて運んできた。

「おやおや、信継の酔狂な相手は、磐音どのか」

と言いながら、

「おはま様、世話をかけます」

「いつの間にやら、磐音どのも酒が飲めるようになりましたか」

「おはま様、酒の味は未だ分かりません。精々先生の相手を務めさせて頂きます」

信継は若いころは大酒飲みであったそうな。だが、近ごろは、晩酌すら滅多にございますまい。ですが、かような趣向は滅多にしないと先輩門弟方が言うのを聞いたことがあった。

折敷膳には藁《わら》刺しにされた小鰯《いわし》の丸干しがあった。火鉢の五徳に網がかかっているところをみると、手あぶり代わりの火で、焼きながら酒の菜にせよとの趣向だろう。

磐音は師匠の茶碗に六分ほど注いだ。そして、自分の茶碗にも半分ほど酒を入れた。

「磐音、そなたと酒を酌み交わすなど初めてじゃな、向後もあるまい」

「なぜでございますな」

「そなたの胸に仕舞っておれ。この次の参勤上番の折、そなたは殿に従うことになる」

と信継が言った。

父の正睦も承知のはずだが、磐音に仄《ほの》めかしたこともない。

「参勤上番ではあるが、そなたの場合、剣術修行を優先することを殿は許されておる。そなた、江戸で修行したき道場はあるか」

「先輩方の言葉では、神保小路《じんぼうこうじ》の直心影流佐々木道場が江戸で名実ともに優れた道場と聞かされました」

「佐々木玲圓《れいえん》どのの道場じゃな。そなたなら直心影流の修行を全うできよう」

と信継が言った。その口ぶりからは中戸道場の門弟も何人か入門したが、途中で挫折した、そんな感じに磐音には受け取れた。

「先生は佐々木先生をご存じですか」

「直《じか》には知らぬ。じゃが、二人の間には共通の知人がいてな、文のやり取りもしておるゆえに、玲圓どのの剣技と人柄は承知しているつもりじゃ。そなたが佐々木道場で修行したいと決めるならば、わしが玲圓どのに書状を認《したた》めよう」

磐音は手にしていた茶碗酒を床におくと、信継に深々と一礼した。そして、信継と磐音は改めて茶碗を手にし、口へと運んだ。

磐音は酒好きの慎之輔や琴平に誘われて撞木町の飲み屋に行ったことはあるが、酒が未だ美味《うま》いと思ったことはない。だが、この日の雪見酒は生涯忘れ得ぬ酒になった。

磐音が丸干し鰯を網に載せた。

「磐音、そなた、胸中の悩みはなんだ」

と茶碗酒をゆっくりと二口ほど飲んだ信継が質した。

「そなたの若さで剣術修行に迷うのは至極当然のことだ。だが、それだけではあるまい」

師匠の問いに磐音はしばし間を置いた。

「わしが当ててみせようか」

磐音は信継を見た。かようなことを師匠の信継が若い磐音に言い出したのは初めてのことだった。

「わが関前の藩政を危惧《きぐ》しておるのではないか」

信継はずばりと言った。関前藩士を門弟にしている以上、藩と関わりがないとは言えない。だが、中戸信継はすでに関前藩福坂家の家臣ではなかった。ゆえに道場で門弟たちが藩政にふれることを論議することを禁じていた。

「父上がご苦心されておることをわしも承知じゃ」

中老の正睦は、国家老宍戸文六のもとで影のうすい存在だった。なにしろ宍戸文六は十余年前、先代藩主の福坂実禎に抜擢《ばってき》されて国家老に就いた。その直後から強引な手法で城下の大店や網元らを味方につけて、藩財政の好転を計った。ゆえに、宍戸文六は、

「中興の祖」

と崇《あが》められてきた。だが、国家老として強権を揮《ふる》いつづけ、有力藩士らを糾合《きゅうごう》して、関前藩にあっては、

「宍戸派でなければ藩士に非ず」

の風評が立ち始めていた。一方で宍戸派の藩政壟断《ろうだん》が藩内分裂を招き、その害が顕著になり始めていた。

当然国家老宍戸文六の手は中老の坂崎正睦にも伸ばされた。だが、正睦は、

「それがし、政《まつりごと》には一向に疎うございましてな、国家老宍戸様のなんのお役にも立ちますまい」

と断っていた。ために、

「中老が政を掌《つかさど》らんで、なんのためのお役目か。とぼけ狸《だぬき》め、そのうち中老職を解任させてみせるわ」

宍戸文六が一派の集いで言ったとか言わぬとか、そんな風聞も流れて磐音の耳にも入っていた。

だが、当代の福坂実高は、坂崎正睦と磐音親子に絶大の信頼をおいていたために、さすがの宍戸文六も手を拱《こまね》いているしかない。

「数年前まで『中興の祖』と崇められたお方は、藩主の江戸勤番の留守を利用して藩政を意のままに操ろうとしておられる。いや、すでに壟断しておられる。磐音、そなた、父上の態度を案じておるのではないか」

磐音は焼けた丸干し鰯を信継の皿に箸で移した。

「丸干し鰯はな、箸ではのうて、手に握って食らいつくのがうまい」

と言った信継が丸干し鰯に頭からかぶりつき、

「父上を信じよ。正睦どのはどうしてどうして、成り上がりの国家老どのの手にはそう簡単には落ちぬ。いいか、磐音、このような事態になるまでに十年余の歳月がかかった。この藩政を改革するのに十年の年月を要すると思え。正睦どのは、その覚悟と決意を隠し持っておられる」

と言った。

磐音は静かに頷いた。そして、丸干し鰯を網から手で掴み、ふうふうと吹きながら頭からかぶり付いた。

「先生、確かに手で食するのが美味《うも》うございますな」

「であろうが」

と信継が茶碗酒の残りを口に含んだ。

雪は小降りになったが止んだわけではなかった。

「磐音、国家老一派の手は、江戸藩邸にも及んでおる。じゃが、城下ほどのことはあるまい。そなた、佐々木道場の住み込み門弟として江戸藩邸の様子を外から見てみぬか」

磐音が考えもしなかったことを口にした。

「勤番の身で道場の住み込み門弟が許されましょうか」

「この一件、父上は動けまい。ゆえにわしがやってみよう」

と信継が言い切った。

しばし沈思した磐音は、

「お願い申します」

と頭を下げた。

「そなたはもはやわしの技量などとうに追い抜いておる。最前の稽古でよう分かった」

「先生」

「なにも言わんでよい。そなたの剣技はわしが一番承知じゃ。よいか、磐音、そなたの持ち味の凄みを隠す術をさらに一段と巧妙にし、そなたの本来の剣風に加えよ」

と信継が命じた。

この二人だけの雪見酒をやった半月後のことだ。

門弟衆の前で磐音を稽古に指名した信継がその構えを見て、

「磐音、そなたの構えはなにやら春先の縁側で居眠りしている年寄り猫のようじゃな」

と言い出した。その師が発した言葉が剣術家坂崎磐音の生涯を左右することになるのだが、その折、琴平を始め門弟たちは、信継の言葉を、

「居眠りしている年寄り猫か」

と笑って聞いて、短く居眠り剣法を話題にした。


雪見酒を終えた磐音は菅笠に蓑をまとい、藁沓《わらぐつ》を履いて道場を出た。

雪は止んでいたが、鈍色《にびいろ》の空が磐音の頭上を覆っていた。

武家地では小者たちが屋敷の門前の雪かきをしていた。

磐音はふと思いついて小林家へと立ち寄ることにした。すると門前で琴平が小者に混じって雪かきをしていた。

「精がでるな、琴平」

「なんじゃ、その形《なり》は」

「道場に稽古に行ってみたが門弟は私ひとりだ。信継先生と雪見酒をなして帰る途中だ」

「なに、雪見酒か、風流じゃな。おれをなぜ呼ばん。雪かきよりずっとよいわ」

「あの雪の中に行けるものか」

と磐音が答えたとき、奈緒が小林家の玄関先に姿を見せた。

「あら、磐音様、雪見舞いにお出でですか」

「奈緒、磐音め、一人で中戸先生と雪見酒を催したそうじゃ」

「雪見酒ですって、寒くはありませんでしたか」

「火鉢でな、丸干し鰯を焼きながらの酒だ。寒くはなかったな」

小林家の当主助成は、蘭方医岩竹良兼の診療所の離れに半年ほど治療のために入所し、肺病の治癒に努めた。その後も一年余り、城下外れの百姓家の離れで静養し、ようやく完治した。ために小林家に幸せの日々が戻っていた。

奈緒が玄関から下りてきて、磐音を手招きした。玄関先から冠木門まで未だ雪かきが済んでいなかった。

「なにか用か、奈緒」

菅笠を脱いだ磐音の顔に自分の顔を寄せた奈緒が、

「磐音様、お酒くさい」

と言った。

「だから酒を飲んだと言うたではないか」

「中戸先生と二人だけでしたか」

「そうだ、雪がな、霏々《ひひ》と降る光景を見ながら師匠と二人で酒を口にした。なにやらこれで大人になったような、そんな気持ちがした」

「奈緒、磐音を屋敷に上げるでないぞ、親父が酒を飲みたいと言い出してもいかんからな」

と琴平が言いながら玄関先に来た。

「なに、助成どのは、また酒を飲み始められたか」

「岩竹先生が煙草はダメじゃが、酒ならば少しくらいよい、と言われたとか。近ごろまた飲み始めた。だがな、昔ほどの大酒ではないぞ。なにしろ、親父が肺の病を克服したのは岩竹先生のお蔭《かげ》じゃからな」

と琴平が言った。

「奈緒、磐音に熱い茶を淹《い》れてこよ。磐音も酒の臭《にお》いを消して屋敷に戻ったほうがよかろう」

と妹に命じた。

「有難い。この雪道を外堀屋敷町までほろ酔いで帰るのは難儀じゃからな」

「磐音、親父の病が癒えたのは岩竹先生の力だけではない。おまえの親父様の助勢がなければ、親父は治らなかったからな」

と琴平が磐音にだけ聞こえる声で言った。

納戸頭の役目を休職しながら、いつもどおりの給金を藩から頂戴できるよう正睦が尽力したことや、オランダ渡来の高価な薬代などを坂崎家が手助けしたことを、琴平も磐音も承知していた。

「われら三家は身内同然、相身互いの間柄だ。舞と奈緒の前でさようなことを口にするでないぞ」

と磐音が言ったところに奈緒がお盆に茶を載せて姿を見せ、

「なにを口にしてはいけないの」

「奈緒、男同士の話じゃ」

と応じた磐音が茶碗を受け取った。

二

磐音は関前広小路で慣れない雪かきに追われる店の奉公人の姿を見ながら、屋敷へと急いだ。だが、藁沓に雪が入り、足袋《たび》もじっとりと濡れて、雪に片足を突っ込むとなかなか抜けず、歩みは遅々としていた。

「おや、坂崎の若様」

と声をかけたのは町飛脚早足屋の番頭克蔵《かつぞう》だった。

「大変な雪ですね」

「私も五十余年、生きておりますが関前がかような大雪に見舞われたことは記憶にありません。百年に一度の大雪でございますよ」

「飛脚の仕事にも差し障りが生じましょうね」

「城下は助け合って雪かきもできますが、阿蘇越えの峠道など当分人馬は通れますまい。日向道も臼杵道も雪が解けるのを待つことになりましょうな。飛脚屋は商売あがったりです」

克蔵は言ったが、早足屋は本業の飛脚のかたわら、長崎ものを扱う店として知られていた。飛脚屋より異国到来の品の商いで、

「早足屋は文はこぶより到来の品で大儲《おおもう》け」

と噂されていた。主の早足屋十衛門《じゅうえもん》は、国家老の宍戸文六の誘いを断る気骨者で、関前広小路の店の中でも反宍戸派と知られていた。

「あとは海路ですか」

「波が収まったら船での連絡《つなぎ》になりましょうが、それすら二、三日は無理でしょ

うな。朝市も当分休みです」

との会話を番頭と交わしたあと、磐音は一歩一歩ゆっくりと進んで、ようやく大手橋前の御馬場に出た。

御馬場は二尺余の雪の原だ。

磐音が白鶴城の天守を見上げると、屋根もすっぽりと雪に覆われて西の丸を従えた城はその名のとおり、大きな白鶴が飛ぶような姿に見えた。だが、視線を下へとおろすと大手橋から大手門など、中間《ちゆうげん》小者がせっせと雪かきをして、乗り物が通れる程度の途《みち》を設けていた。

「おい、磐音」

と声がして、大手橋から陣笠《じんがさ》に合羽姿の武家が声をかけてきた。

直目付《じきめつけ》の中居半蔵《なかいはんぞう》だ。中居も神伝一刀流中戸道場の先輩門弟の一人だ。父の正睦と親しい交流があった。

「登城しておられましたか」

「そのほうはどこへ参ったな」

「道場に行ったのですが稽古にきた酔狂者は私一人だけでして、中戸先生が気の毒に思われたのでしょう。先生自らが稽古をつけて下さいました」

「それは得難い経験であったな」

大手橋の前で磐音と中居半蔵は肩を並べて、外堀屋敷町へと歩き出した。

中居の屋敷は坂崎邸よりも南に一丁ほど行ったところにあった。

「過日、先生が申されておったわ。もはや磐音はわが道場で学ぶべきことはなにもない。一日も早く江戸に出してやりたいとな」

「中居様、さようなことはありません。本日も神伝一刀流の基から奥伝までみっちりと稽古をつけて頂きました」

磐音の言葉に頷いた中居が、

「藩の財政がな、もう少しよければそなたを半年も一年も前に江戸へと送り込めたのだが、なにしろ城はどなた様かに乗っ取られて手に負えぬ」

と言った。

名こそ上げなかったが、国家老宍戸文六の専横はひどくなると中居は言外に告げていた。

磐音とて小姓組にて出仕していたから、宍戸派の壟断ぶりは承知していた。

「そなたも気づいておろうが、藩士の大半は強い方のほうに靡《なび》いておる」

「中居様、関前の政の長は福坂実高様にございましょう」

「さよう。じゃが、巧妙に立ち回られて藩の費えもあのお方の手を経ぬと用立てできぬようになっておる。なんとも悔しいかぎりよ」

と直目付の中居半蔵がぼやき、

「磐音、そなたの父御がそなたに江戸を経験させたいのは剣術ばかりが目的ではないぞ」

「と、申されますと」

「国家老どのの専横が江戸藩邸まで及ぼうとしておる。倅のそなたに実態を見てきてほしいのであろう」

と中居が言った。

磐音は雪に膝まで沈んだ足を止めて、中居半蔵を見た。

「父は一度たりとも屋敷にて政の話をしたことはありません」

「で、あろうな。中老は石橋を叩いて引き返す、と城中では噂されておられる御仁だ。倅のそなたにとて言葉で言うまいな」

「父は私に言外で告げておられますか」

ううーん、と唸《うな》った中居が足を持ち上げて一歩進め、磐音を見た。

「そなたに江戸藩邸の実情を見てほしいと、江戸行に賛意を示されたとわしはみてておる」

磐音は、中戸信継の言葉を思い出していた。

「佐々木道場の住み込み門弟として江戸藩邸の様子を外から見よ」

中居の言葉もまた同じ意ではないか。

磐音は、しばし雪の中で立ち止まって沈思した。沈思したのは中居半蔵の親しげな言動だった。

ただ今の関前藩の家中では、一見反宍戸派と考えられた藩士が水面下で宍戸文六派の密偵如き役目を果たしていることもあった。磐音は中居半蔵とどう「間合い」をとるべきか、判断が付きかねていた。とはいえ、中居を宍戸派の一員とも言い切れなかった。磐音は中戸道場の先輩門弟としてしばし見ていこうと、胸の中で漠然と考えていた。

「私の江戸行はさような務めが隠されておりますか」

「磐音、ただ今の関前藩には良識ある藩士は少ない。じゃが、そなたの江戸行にこれらの藩士方は期待を寄せておるのだ。そなたがただの剣術遣いではないと、藩主福坂実高様のおんため、また藩のため、領民のために働いてくれると、思うておるのだ」

「中居様、私に目付の真似ができましょうか」

「できまいな。よいか、わしはそなたにわしの真似をせよと言うておるのではない。そなた、江戸でどこの道場に入門するつもりか」

「最前、中戸先生にお願い申しました。直心影流の佐々木玲圓先生のもとで修行をしたいと願ったところです」

「佐々木玲圓先生は一介の剣術家ではない。剣術の域を超えた人物じゃ、佐々木先生の薫陶《くんとう》を受ければ、坂崎磐音、そなたの眼がなにかを捉えよう。まず佐々木先生のもとで修行をなせ」

「はい」

二人は難儀な雪道を再び歩き出した。

そのとき、ちらちら、と雪がまた舞い始めた。

「磐音、そなたは中老坂崎正睦様の嫡子《ちゃくし》じゃ。その理由だけで宍戸派に狙われておる」

「どういうことでございますか」

「国家老一派は、そなたが剣術修行に出るだけとは思うておらぬ。そなたが父の正睦様より授けられた考えを持って江戸へ行くと考えておる」

「そうなのでございますか」

「わしらが考える以上のことを相手方はあれこれと妄想しておる」

「私にどうせよと」

「諸星道場に二十五、六の門弟が入門した。当人は諸星道場の後見と自称しており、国家老どのの推挙にて関前藩士に仕官するとも言うておるそうな。この者、赤星左源太《あかほしさげんた》がそなたを狙っておる。よいな、関前におる間は重々気をつけよ」

「なぜ藩士でもない御仁に私は狙われなければならないのですか」

「国家老どのにとって、先々邪魔な存在がそなたということよ。それに」

と中居は言葉を途絶させた。間があって話が再開された。

「わしはそやつの仕官の条件が坂崎磐音を闇に葬ることだと推量しておる。ゆえに必ずそなたの前にそやつが姿を見せよう」

「私は小姓組の新入りに過ぎません」

「とは相手は見ておらぬ」

「驚きました」

磐音の言葉に中居半蔵が言った。

「言葉ほど驚いておらぬな。そなたが『豊後申し合い』の覇者になった折からの宿命よ。ともあれ、わしの言葉を肝《きも》に銘じておけ」

「中居様、一つだけお尋ねします」

「なんだ、答えられる問いには答える」

「もし、赤星どのと私が戦う羽目になった場合、藩ではどのような始末を考えておられます」

「赤星はそなたを真っ昼間に襲う真似はすまい。そなたが相手を斃《たお》した折は、そのままに捨ておけ。われらが始末致す」

「私が生き残るとは限りません」

「磐音、生き残ってもらわねば殿も藩もわれらも、小林奈緒をも泣かせることになるぞ」

と中居半蔵が答えたとき、坂崎家の長屋門の前に二人は辿りついていた。

「ひと休みしていかれませぬか」

「ひと休みしてみよ、屋敷に帰りとうなくなるわ」

と言い残した中居半蔵が雪道に歩を進めていった。

坂崎家の門から式台まではきれいに雪かきが終わっていた。小者たちが軒下に集まっていた。

「すまぬ、雪かきの手伝いもせなんだ」

　と詫びる磐音に、

「殿もそろそろ下城の刻限です」

　と中間頭の園田浪平《そのだなみへい》が言った。

　正睦の下城の折は従者の一人が先行して屋敷に知らせてきた。奥から照埜が姿を見せた。

「道場に門弟衆が集まりましたか」

「いえ、私ひとりゆえ中戸先生が稽古をつけてくださいました。忘れ得ぬ日になりそうです」

　あれ、という顔で倅を母親が見た。

「そなたからお酒の匂いが」

「しますか。もう消えたと思いました」

「お酒を飲まれた」

　照埜が問い質そうとするところに正睦の乗り物が門を潜って入ってきた。式台の前で乗り物から下りた正睦に、

「おまえ様、磐音がお酒を飲んだようです」

と言った。

「相手は琴平と慎之輔か」

「いえ、中戸先生のお誘いで稽古のあと、道場にて二人だけの雪見酒を馳走になりました。火鉢であぶった丸干し鰯が真に美味しゅうございました」

ふっふっふ、と笑った正睦が、

「雪見酒か、風流な催しよのう」

とその言葉だけで中戸信継の話の内容を察したように言ったものだ。

「照埜、磐音も大人になったというわけだ」

「道場で雪見酒が風流でございますか」

「おお、このご時世ぎすぎすしておらぬか。時に大雪を見ながら酒を師弟で酌み交わす、生涯の思い出ぞ」

「そうでしょうか。うちでは浪平たちが大汗をかいて雪かきをし終えたのでございますよ。そしたら、また雪が」

「冬に雪が幾たびか降り、春に移ろうていく。この雪は明日も続きそうじゃ。照埜、浪平らに酒を出してやれ」

と命じた正睦が磐音に目顔でついてこいと命ずると、奥へと向かった。

「中戸先生はなんぞ申されたか」

「江戸の佐々木玲圓先生に口利状を認めると約定なされました」

「雪見酒の効き目があったようだな」

と応じた正睦が、

「ただし藩の情勢が慌ただしいゆえ、そなたにいつ江戸へと言えぬのがな、つらいところじゃ」

と言った。

「すべて大勢が決まるのを待ったのちで結構です」

「うむ、かようなことは潮時があるものでな。気長に待て」

と正睦が言った。


次の日も雪が降った。

豊後の海沿いの関前としては百年に一度の大雪だった。

磐音は、この朝、屋敷内にある納屋を改造した土間道場で木刀の素振りをして、父の刀簞笥から持ち出した古備前包平《かねひら》刃渡り二尺七寸の大業物を抜き打つ稽古をした。

磐音の背丈はすでに六尺余に届き、腕もそれなりに長いゆえに、もはや包平はわが体同然に扱うことができた。

神伝一刀流について中戸信継は門弟らに、

「わが流儀は西国の田舎《いなか》剣法に過ぎぬ。じゃがな、奇をてらわず剣術本道の基に正しての神伝一刀流は、東国の剣法とそう変わらぬものだ。ようは流儀を学ぶ人それぞれがどれほど己の体の動きと馴染ませたかにつきよう」

と説明して磐音たちをこれまで導いてきた。

磐音は正眼を中心に下段、上段、左右の脇構えから包平を揮う稽古を一刻半ほど繰り返し、湯殿で汗を流すと登城の仕度をした。

昨日、夕餉の刻限、正睦に書状が届いた。この大雪だ、城下内からの書状と思われた。その書状を読んだあと、磐音が呼ばれ、

「明日の登城の供をせよ」

と命じられた。

翌早朝、屋敷内の納屋道場で稽古をして、正睦の登城に加わったのだ。

雪は夜半にいったん止んだ。そして夜明けよりまた、降ったり止んだりを繰り

返した。

外堀屋敷町の通りには早々に登城した者たちが踏み固めた雪道が大手橋へと延びており、昨日より歩き易かった。

本丸に入ると風待湊の内海だけを残して、城下から雄美岬まで白一色に染められていた。なんとも壮観にして清々しい景色だった。

正睦に従い、本丸内の中老御用部屋へと通った。簡素な六畳間で膨大な書類が整理されてあった。手あぶりの火鉢があるだけだ。

整理された書類とは反対に中老の務めは雑多だった。

関前藩の御用ばかりではなく、町屋からの訴状の許諾まで多様にあった。その上、雪の被害が城下の内外からもたらされた。

磐音は初めて父親の御用を手伝いながらその実態を見て、

「政とは小さきことの積み重ね」

と理解した。

五つ半（午前九時）の刻限、国家老宍戸文六の御用部屋へと正睦が呼ばれた。

「磐音、書付および訴状の束を携えて従え」

と正睦が命じ、磐音は従った。

国家老宍戸文六の御用部屋は、十二畳と六畳の控え部屋があって三人の従者がいた。また二つの部屋にはこれ見よがしに城下のお店からの頂戴ものと思える包みが山積みになっていた。

「正睦どの、そなた一人を呼んだのじゃがな」

と正睦を大きな眼で睨んだ。

「ご家老、このところ仕事が立て込んでおりましてな、倅に手伝いを命じたのでございます。そこでご家老に倅から挨拶をさせようと思いました。迷惑でしたか」

「なに、その者はそなたの嫡男か、小姓組ではなかったか」

宍戸文六は当然磐音のことは承知だが知らぬ振りをした。

「はい、ただ今、殿は江戸上番にてお留守ゆえ、わが手伝いを命じましてございます」

「正睦どの、殿が命じられたお役目をないがしろになさるのはどういうことかのう」

「真にもってご家老の申されるとおりにございますな。されど参勤交代出立の折、殿じきじきの『正睦、磐音に中老職の諸々を教えてやれ。後々役に立とうでな』

とのお言葉に従ったまでにございますが、やはり差し障りがございますかな」

正睦はその場に宍戸文六他、大勢の藩士が聞いていたことは口にしなかった。

「そのほう、なにかといえば殿、殿と二言目には殿の名を出されるな。殿が国許《くにもと》不在の折は、国家老が新しき事態には対処するのが習わしにござる、そのことお忘れか」

「いえ、ならば明日より小姓組に戻しましょう。ところでご家老の御用とはどのようなものにござろうか」

「もう事は済んだ」

「ほう、わが倅を小姓組へと戻せというのが御用にございましたか。おお、そうじゃ、ちょうどよい折にございます。わが倅、次なる殿の参勤上番の折、江戸にて勤番を務めさせとうございます。ご家老、その折はよしなにお許しを頂戴しとうございます」

「なに、中老どの、参勤上番に倅を加えよと申されるか。さような頼み事には、それなりの手続きがござろう」

「手続きと申されますと」

「そなた、何年中老を務めてござる」

「ご家老、さあて先々代から、いや、それ以前から中老を務めておりますゆえ、何年と申し上げてよいか」

正睦が手の指を折って数え始めた。

「もうようござる。そなたは当然、殿の了解を得ておられるのではござらぬか」

「ご家老、いかにもさようでございます。こちらにてご家老のお許しを得れば、万々歳にございますがな」

「考えておく。お下がりあれ」

と坂崎親子は賄賂《まいない》の品が山積みになった国家老の御用部屋から廊下へと出た。

その折、正睦の顔に笑みがあるのを磐音は見落とさなかった。

三

時は移ろいゆく。

そんな最中、坂崎磐音と小林奈緒は、許婚の縁を両家の立ち合いで行なった。

磐音が江戸勤番に向かうことを前提にしてのことだった。

参勤下番《かばん》で関前に藩主の福坂実高一行が戻ってきて、城下が落ち着きを取り戻したころ、三年ぶりに国許に戻ってきた道中奉行の野崎道雄《のざきみちお》が関前神社の境内《けいだい》で刺殺される騒ぎが起こった。

直目付の中居半蔵も町奉行の上田彦一郎《うえだひこいちろう》らも藩士殺害騒ぎに驚愕して探索に奔走していた。

そんな日、中戸道場に深編笠《ふかあみがさ》で顔を隠した中居半蔵が姿を見せ、道場主の中戸信継と二人だけで母屋で話し込んだ。道場に接した母屋の座敷に向かう半蔵が深編笠を脱ぎ、磐音にだけ分かる眼差しで合図を送った。

稽古が終わっても中居半蔵が道場を立ち去る様子はなく、長話になっていた。慎之輔は舞との祝言《しゅうげん》を控えてなにかと忙しいらしく、琴平といっしょに、

「磐音、戻らぬか」

と誘った。

磐音は、

「もうしばらく独り稽古をしていく」

と二人の友に断った。中居半蔵の道場訪問が野崎道雄殺しに関わることではないかと、磐音への眼差しで感じていたからだ。

磐音が一人だけ道場に残り、半蔵の用事が終わるのを待った。半蔵も道場に磐

音が残っていることを確信していたらしく、道場に姿を見せた。

「磐音、それがし、江戸藩邸に飛ばされた」

といきなり言った。

国許と江戸藩邸に上下関係はない。藩主の命で関前か江戸のどちらかで奉公するだけの話だ。

「飛ばされたとはどういうことでございますか」

「藩主実高様の意向というより国家老どのの考えだな」

と言い切った。

「本日、国家老の御用部屋に呼ばれて、『江戸藩邸がいささか落ち着きをなくしておる。直目付として江戸に向かい、江戸家老のもとで立て直せ』と命じられた」

「どういうことでございますか。家臣の人事は実高様のお考え次第ではございませぬか」

「実高様は一人ふたりと周りから信頼できる近習《きんじゅ》を外されて、今や相談すべき人材がない。つまり殿の周りは宍戸文六派で固められたということだ。わしが江戸藩邸に飛ばされたのもその一環だ」

「このところ、そなたの親父どのも殿とお会いすることを絶たれておる」

と言った中居が、

「なんということが起きておるのですか」

「もはや関前藩は殿が国許におられようと江戸におられようと、忠義面《づら》した宍戸文六の専横し放題だ」

一瞬磐音は中居半蔵の言動を全面的に信じてよいのかどうか迷った。が、直ぐに打ち消した。

宍戸文六は先代藩主の寵愛《ちょうあい》のもとで力をつけてきた。ために当代の実高は文六に遠慮してきた。その結果がただ今の関前藩政の苦境を招いていた。

「中居様、江戸へいつ向かわれますか」

「三日以内に出立せよとの命だ」

「そのことを師匠の中戸先生に報告に参られましたので」

「それもある」

と半蔵が言葉を止めた。

「その他になにかございますので」

「野崎道雄が殺害されたことは承知だな」

と中居が話柄《わへい》を不意に転じた。

磐音は頷いた。

「野崎道雄は反宍戸派の急先鋒として江戸藩邸で密《ひそ》かに動いていたのだ」

磐音は老練な道中奉行のことを歳の差もあってよく知らなかった。

「宍戸派が野崎どのの言動を恐れて口を封じたのだ。さらにわしの探索を嫌って国家老どのが江戸藩邸に放逐《ほうちく》したのよ」

「なんとそこまで宍戸派はなされますか」

「われら、いささか立ち遅れて殿を孤立させてしもうた」

中居半蔵が後悔の言葉を口にした。それは中老の坂崎正睦の怠慢ともいえた。

「磐音、次に宍戸文六一派が狙うのはそなただ」

「中居様、それがし、小姓組の一員、なんの力もございません」

「そなたの親父様が宍戸一派の一番の狙いであろう。だが、さすがに殿の信頼厚き中老坂崎正睦様を手にかけるわけにはいくまい。また親父様はなかなかの策謀家、宍戸文六に表立って楯突《たてつ》いたことはない。宍戸文六も正睦様のおとぼけぶりをどうとらえてよいか迷っておるのだ。そこでな、野崎どのと同じようにそなたを殺《あや》めて、親父様に釘《くぎ》を刺す気でおるのだ」

磐音はしばし沈黙し、考えた。

「野崎どのを殺害したのは宍戸派と申されますが、だれか見当がついておりますので」

「諸星道場の後見方と称しておる赤星左源太だ。ただし未だ証は刀の刺し傷一つだ。こやつ、突きが得意でな、野崎道雄は心の臓を正面から背へと貫かれて絶命しておった。じゃが、刀傷だけでは証にはならんと国家老どのに一蹴されれば、それで終わり。そのうえ、わしは江戸へと飛ばされたからには、野崎殺しの探索と関わりがあるとは言えまい。推量に過ぎぬが町奉行どのも口を封じられておろうな」

と中居が言い切った。そして、話題を転じた。

「そなた、次なる殿の参勤上番へ同行し、江戸勤番をなすことが内定していたな」

「ですが、お許しを得るのは延び延びになっております」

「それもこれも宍戸文六様の意向とみた」

「中居様、それがし、どうすればよいのです」

「そなた、小林奈緒と縁組を結んだな」

「はい」

「河出慎之輔は近々奈緒の姉の舞と祝言を催すそうじゃな」

磐音は半蔵の言葉がどこへ向かうのか、分からないまま無言で頷いた。

「中戸先生と話した。来年の参勤上番まで磐音、武者修行に出よ」

「なぜさようなことを」

「中老坂崎正睦様の嫡子を失うわけには参らぬ。時を稼ぐしかあるまい」

「中居様、それがし、国家老様を恐れて関前を離れたくございません。父を守り、殿のご意向を受けて微力ながら戦いとうございます。慎之輔も琴平もそれがしに助勢してくれます」

「磐音、宍戸一派はそなたらが動くことを待っておるのだ。ただ今力では太刀打《たちう》ちできぬ。わしが中戸先生と話をしたのもそのあたりじゃ」

「中戸先生のお考えはどうでしたか」

「来年、そなたが参勤上番で江戸に出てな、まず江戸藩邸の宍戸一派を骨抜きにする。その上で国許の宍戸文六一派と対決して倒す、という考えで一致した」

「遠大な企てにございますな」

「宍戸一派は殿を孤立させたうえ、一派の者を藩の要職に就けておる。われらもこの数年、とぼけた振りをして宍戸一派に太刀打ちできる組織と力を持たねば、この戦は潰される」

と言った。

(中居半蔵の言葉を信じてよいのか)

磐音の胸に疑心暗鬼が生じていた。

「中居様、それがし、武者修行と称して他藩の町道場に寄宿するのは選びたくございません」

「では、どうする気か」

半蔵がさらに詰問すると、

「中居様が関前を出られるまで数日ありますな。その折まで考えさせて下され」

と磐音が答えた。しばし沈思した中居半蔵が、

「磐音、親父どのの本心を探れるのは倅のそなただけだ。正睦様と忌憚《きたん》なく話してみよ」

と最後の忠言をした。

「分かりました」

と磐音が答えると、

「おれは母屋の裏戸から出る。そのほうはしばらく間をおいて道場を出よ」

と言い残すと深編笠を小脇にして道場の裏戸から姿を消した。

中居半蔵の用心ぶりは、関前藩の切迫した情況を物語っていた。

磐音は稽古着から袷《あわせ》と袴《はかま》に替えた。

そのとき、道場に中戸信継が姿を見せた。

「中居半蔵は戻ったか」

「はい、母屋の裏口から出ていかれました」

「半蔵の話ではわが道場にも国家老一派の眼が注がれておるそうな。不快極まりない話よ」

信継が吐き捨てた。

「先生、中居様はそれがしにしばし関前藩を出よ、他藩で武者修行を致し、ときを過ごせと申されました」

「わしにもさような話をしていった。一理はないでもないで曖昧に返答をなしたが、今になって迷っておる。いや、まず、そなたが承知をすまい」

「中居様が関前を出られるまでにはわずかながら日にちがございます。本日、屋敷に戻り、父と話してみます」

「わしはそなたを失いたくはない。わしの門弟の中で剣術界に名を残す者が出るとしたら、そなたしかおらぬと考えておる。よいか、かようなことを口走るのはわしが年老いたせいだ。勝負のときを過《あやま》たば、剣術も政もいくら力と技があろうとも大局において敗北を喫す。磐音、急くでない」

「はい」

と師に向かって一礼した。

その夜、磐音は父の正睦の書院と称する座敷を訪れた。

たれぞに書状を認めていた正睦が顔を上げた。

「磐音、かような刻限に珍しいな」

「父上、話ができますか」

首肯《しゅこう》した正睦が、書きかけの文を傍らにおいて磐音に向き直った。

「中居半蔵の一件か」

と正睦のほうから話を持ち出してきた。

「中居様自らに聞かされました」

「半蔵は、中戸信継どのを訪ねたようじゃな」

「そのあと、それがしに忠言を下されました」

磐音は掻い摘《つま》んで中居半蔵の考えを父に告げた。

「半蔵らしい考えではある」

と正睦が言った。

「父上、中居様が道場を去られたあと、師匠と話を致しました」

磐音は中戸信継の最後の言葉だけを告げた。

「ほう、『勝負のときを過たば、剣術も政もいくら力と技があろうとも大局において敗北を喫す』と申されたか」

「父上はどうお考えでございますな」

「わしか」

としばし沈思した正睦が、

「われら藩士が忠誠を尽くすべきは、藩主福坂実高様お一人である」

と短く磐音に己の今後の行動を告げた。

三日後の早朝、中居半蔵は小者一人を従えて臼杵道を臼杵口番所へと向かっていた。

晩冬の七つ（午前四時）過ぎだ。

二人が吐く息が白かった。

普通は明六つ（午前六時）に番所の格子戸《こうしど》が開き、暮れ六つ（午後六時）に閉じられた。だが、御用がある藩士にかぎり、番所に声を掛ければ不寝番の役人が応対した。

小者の声に不寝番が番所から出てきて、

「おや、直目付の中居様でございましたか」

「御用の向きありて江戸に参る」

豊後関前藩六万石といえども他藩に抜ける道は三つしかない。臼杵道であれ、日向道であれ、はたまた阿蘇越えであれ、関前藩士となれば番所は口頭で事が済んだ。民百姓や杣人《そまびと》が国境を越える折は番所を避けた。それが長年の決まり事だ。

「ご苦労にございます」

と格子戸が開けられて主従二人が通過していった。

番所を超えると雄美岬の峠へと向かうことになる。

「旦那《だんな》様、お尋ねしてよいですか」

若い小者の昇吉《しょうきち》が半蔵に声をかけた。考え事をしながら進む半蔵が、

「なんだ、昇吉」

「こたびの江戸行は急にございますな」

「藩務にはかような急ぎの御用もある」

　と答えた中居半蔵が、

「なんぞ訝しいことがあるか」

「いえ、さる屋敷の中間が噂をしておりました。直目付の中居様は江戸藩邸に永の留め置きを食らったとか。口さがない中間の言うことです、信用はなりません」

「その者の申すこと当たっているな。そやつ、国家老の屋敷の中間であろう」

　半蔵の答えに昇吉が驚いて、

「知らぬこととは言いながら、口にしてはならぬ話をしてしまいました。申し訳ございません」

　と狼狽した。

「まあ、世間にはかようなこともあろう。ただ今の関前藩を見れば分かることだ。時節を待つしか手はあるまい」

　晩冬の峠道には人影もなかった。

不意に半蔵の足が止まった。

行く手に黒覆面に顔を隠した五人組が枯れ芒《すすき》の間から姿を見せた。

「ほう」

半蔵の口から驚きの声が洩れた。

「未だ関前藩領じゃな。ということはそのほうら、関前藩士か」

と半蔵が分かり切ったことを質した。

「中居半蔵どの、背中の御用嚢《ぶくろ》を頂戴したい」

「どこぞで聞いた声じゃな。路銀が目当てではなさそうな」

「直目付どのが御用部屋から持ち出された書付を頂戴しとうございます」

と五人組の一人が応じた。

「それがし、未だ直目付じゃ。そなたらに渡す謂《いわ》れはない。かような真似を重ねるといよいよ自滅の道を辿ることになると、そなたらの主どのに伝えられよ」

中居半蔵の言葉に、

「致し方なし、中居どののお命頂戴致す」

と黒覆面の頭分が刀を抜くと四人の仲間も倣った。

「それがし、神伝一刀流中戸信継先生の門弟じゃぞ。忠義心も知らぬ主に仕えるそなたら如きにむざむざと斬られる中居半蔵ではないわ」

半蔵が言い放ち、小者の昇吉も背中に差した木刀を抜いて構えた。

「昇吉、無益な抵抗は致すでない、この場から逃げよ」

と命じた半蔵が五人組に向かい、

「中居半蔵、中戸先生直伝《じきでん》の技を見せてくれん」

と刀の柄袋を抜くと、鯉口を切った。

そのとき、枯れ芒の間からもう一人覆面の人影が姿を見せた。

中居半蔵はその者の体付きと手にした木刀を見たとき、その者が敵か味方か、いや、何者か分かった。

「助かった」

正直な半蔵の言葉に五人組の黒覆面が新たに姿を見せた人影を見返り、

「なんだ、そのほう」

と狼狽しながらも洩らした。

その瞬間、長身の侍が木刀を正眼に構えて五人組に向かって飛び込み、木刀を軽やかに振るって一人ふたりと胴や肩を叩いてその場に転がした。

残った三人が及び腰になった。さらに無言の六人目の木刀が右へ左へと振るわれると、続いて三人がばたばたと倒されていった。

一瞬の勝負だった。

「助かった」

中居半蔵が刀を鞘にしっかりと戻すと柄袋をした。

「そなた、旅仕度じゃな。わしの忠言を聞いてくれたか」

半蔵の問いに答えることなく一人で五人を倒した長身の侍が臼杵の国境へと歩き出した。

中居半蔵と昇吉は、慌ててその者のあとを追っていった。

さらに一刻後、臼杵から摂津《せっつ》に向かう船に中居半蔵と昇吉主従を無事に乗せた若侍は、

「江戸にてお会い致しましょう」

と初めて声を出して別れの挨拶をした。

四

奈緒は許婚の坂崎磐音が不意に関前から姿を消したと兄の琴平から聞き、外堀

屋敷町の坂崎邸を訪ねた。すると照埜が奈緒に会い、

「奈緒様にも磐音はどこへ行くか、いつ関前に戻ってくるか言い残しませんでしたか」

と反対に問い返された。

「えっ、照埜様、磐音様はお身内の方々にも行き先を話していかれませんでしたか」

「亭主どのに幾たびも、『御用でどちらかに出かけましたか』と尋ねましたが、『わしは知らんぞ』の一点ばり、私は磐音が奈緒様だけには言うていったと思うておりました」

と困惑の表情を見せた。そして、しばし沈思していた照埜が、

「直目付の中居半蔵様が国家老様の命で江戸藩邸勤番を命じられて発《た》ったそうです。磐音がうちを出たのも同じ時節、もしやしたら中居様といっしょに江戸へ参ったのでしょうか」

と自問するように奈緒に言った。そして、

「となれば磐音はそなたの許婚、必ずや文が届きましょう」

と言葉を添えた。

照埜と奈緒はしばらく同じことを繰り返し話し合ったあと、お互いに連絡があればすぐに知らせ合うことを約束し、奈緒は坂崎邸を辞去した。

あの日からすでに三月《みつき》が過ぎ去っていた。

だが、奈緒に、そして、坂崎家にも磐音からなんの知らせもなかった。

この日も坂崎家を訪ね、照埜と話した。いつもの会話の繰り返しだった。

江戸へと中居半蔵といっしょに出たのならば、そろそろ文が届いてもよい月日が過ぎていた。兄の琴平も、

「あやつのやることは分からぬ」

と己のふだんの行動を棚に上げて首を捻《ひね》るばかりだ。また姉の舞が嫁に行くと奈緒の義兄になる河出慎之輔も、

「磐音のなすことだ、曰くがあってのことであろう。奈緒、我慢して待つしかあるまい」

と諭すように言った。

奈緒は坂崎家からの戻り道、照埜の実家岩谷家の菩提寺、泰然寺《たいぜんじ》を訪ねてみようとふと思い付いた。

磐音とは幼いころからしばしば白萩《しらはぎ》寺の異名を持つ泰然寺で会っていた。法事

であったり、白萩寺の萩を見にいったりと、数多くの思い出のある寺だった。

二人が許婚の契《ちぎ》りを交したきっかけも偶《たま》さか泰然寺の石段下の浜道を通りかかった奈緒を見つけた磐音が、岩谷家の法事へと誘ったことだった。その場の二人を見た坂崎、岩谷両家の親類縁者が、

「磐音と奈緒の間柄をそろそろ公にする機会ではないか」

と言い出したことだった。


萩が咲くのはあと数月先のことだ。

奈緒は、泰然寺へお参りして気持ちを静めようと本堂の前に立った。そして、長いこと合掌し、瞑目していた両眼を開けたとき、寺の小僧が、

「奈緒様、こちらへ」

と泰然寺の本堂の裏手に案内していった。

泰然寺の裏側は、雄美岬へと続く斜面と岩場が続いており、雑木林が広がっていた。

奈緒は泰然寺の敷地がこれほど広いとは知らなかった。

そんな雑木林に杣小屋があって稽古着が干されていた。

（まさか磐音様が）

と思ったとき、杣小屋から磐音が姿を見せた。

「奈緒、心配をかけたな、すまぬ」

と磐音が詫びた。

本堂前で瞑目して合掌する奈緒の姿を見た泰然寺の住職願龍《がんりゅう》が、奈緒に会うように磐音を説得したのだ。

願龍和尚は関前藩を壟断し始めた宍戸文六一派の行動を非難して、そのことを不満に思う若い藩士らの集いの場として寺を密かに貸していた。そんな和尚の説得に磐音は、思わず頷いていた。むろんだれよりも奈緒に会いたいと思っていたのも磐音だった。

「磐音様は江戸に行かれなかったのですか」

驚きを残した表情で奈緒が尋ねた。

「中居半蔵様といっしょにか。臼杵まで見送ったが、殿の許しもなく城下を離れるわけもいくまい」

「なぜ磐音様がかような真似をせねばなりませぬか」

驚きの顔に喜びが浮かんだ奈緒がさらに問うた。

「奈緒、ただ今の関前藩は、国家老宍戸文六様の手のうちにあることは承知じゃな」

「兄上がいつも屋敷内で汚い言葉で罵《ののし》っておられますゆえ、なんとのう知っております」

「殿を敬う家臣たちは、少数派になって国家老一派の力に押されて口も利けぬ。なんとかせねばなるまいが、城下で集いを催すこともできぬ」

と言った磐音が不意に話題を変えた。

「奈緒、数か月前、江戸から参勤下番して関前に戻られたばかりの野崎道雄どのが殺害された話を聞いたことがあるか」

「その話も兄がどこから聞いてきたか、私に話してくれましたゆえ承知です。兄は、『野崎どのは、宍戸派の手先の諸星道場の用心棒侍に殺された』などと乱暴なことを教えてくれました」

「奈緒、よく聞け。琴平がそなたに告げた話はおよそあたっている。野崎どのを刺殺した者も分かっておる」

「ならば、なぜ藩ではその者を捕まえませぬ」

「国家老どのの意を汲んで動いた者をだれがどうするというのだ」

磐音が珍しく怒りの籠《こも》った声で吐き捨てた。

奈緒は磐音の苛立った顔をしばし直視していた。

「磐音様、私どもはどうすればよいのでございますか」

「すまぬ、奈緒。そなたに当たってしまったな」

奈緒が磐音の手をとった。

「いつまでこの泰然寺に居られますので」

「国家老派は、わが父をなんとしても致仕に追い込もうとしておられる。だが、父はなかなか老獪な御仁、宍戸の手に落ちぬよう用心して行動されておる」

磐音はこの三月、正睦の登城下城を漁師に変装した形で影警護してきた。それがいつまで続くか磐音にも分からなかった。

「諸星道場に寄宿しておる赤星左源太なる御仁がそれがしを狙っておるそうじゃ。中居様はそれがしにしばし藩を離れていよ、と命じられたが、殿の許しもなく藩は離れたくない。それがし、来年の参勤上番まで、なんとしても関前城下に残っておる心積もりだ」

「私どもは許婚にございます。密かに会うこともできませんか」

「奈緒、分かってくれ。城下で繰り返し藩士同士が血を流し合う所業だけは避けたいのだ」

「兄や慎之輔様は、磐音様が泰然寺に潜《ひそ》んでおられることを承知なのですか」

「いや、だれも知らぬ。奈緒以外には知らぬ」

願龍が藩主福坂実高に告げていることを磐音は奈緒にも話さなかった。

「照埜様にも兄にも慎之輔様にも話してはなりませぬか」

「ならぬ。どこかからこのことが洩れれば城下で血が流れることになる。それはなんとしても避けねばならぬことだ」

と磐音は言いながらも、

（いつまで我慢すればよいのか、三年か四年か）

と考えて言葉を失った。

「磐音様、照埜様をお誘いし、時折泰然寺に墓参りにきてはなりませぬか」

「それもならぬ。それがしがこの泰然寺に潜んでおることを相手方に悟られてはならぬ」

磐音の語調は決然としていた。

磐音は願龍の親切心に感謝しながらも、奈緒と会ったことに一抹の危惧を抱いていた。

奈緒がだれかに話すとは考えなかった。だが、ただいまの関前城下には、宍戸文六一派の、

「監視の眼」

が光っていたからだ。どのようなことが起きても不思議ではなかった。

「奈緒、行け。だれに怪しまれてもならぬ」

と磐音は奈緒の手を離すと本堂の裏手まで送っていった。


その夜のことだ。

雑木林の中に風音とは違う物音がした。獣が醸《かも》し出す気配ともちがった。

磐音は父の刀簞笥から持ち出したままの備前包平を手に摑むと、静かに起き上がり、泰然寺の杣小屋を出た。この小屋は年に数度、枯れ木を切ったり、伸びすぎた枝を払ったりする折に使われた。囲炉裏が切られた板の間と土間があるだけのものだ。食事は泰然寺の小僧が運んできてくれた。

磐音は暗闇の中で草鞋《わらじ》を履き、しっかりと紐《ひも》で足首に固定した。

泰然寺に出入りする草鞋造りの名人種吉《たねきち》が、杣人のために底裏がしっかりとした草鞋を造っていた。

磐音はその話を願龍に聞いて一足造ってもらい、改良したい点などを願龍の口を通して伝え、磐音用のしっかりとした山歩きの草鞋が出来上がった。

この三月、この草鞋を履いて磐音は、深夜の雄美岬の獣道や藪《やぶ》の中を走り回って足腰を鍛えてきた。

昼間、奈緒が泰然寺を訪ねた、その夜のことだ。

考えられるとしたら、宍戸文六一派に加担している諸星道場の用心棒侍赤星左源太とその仲間かと思われた。

磐音は、杣小屋の扉を持ち上げるようにして薄く開き、表に出た。

十三夜の月は厚い雲に隠れていた。

暗闇ならば雄美岬を三月にわたり走り回ってきた磐音が有利だった。

しばし人の気配を闇の中に探った。

杣小屋から半丁ほど離れた斜面の上に岩場があった。その岩場に人の気配を感じた。

磐音は大回りして岩場の上方に出た。

その折、雲間から月が出て、二人の影を浮かび上がらせた。二人の影は、月明かりを頼りに杣小屋へと近づいていった。まだ磐音が寝ていると思っての行動か。

磐音は相手の動きを見定めて動くことにした。

杣小屋に入り込んだ二人はどうやら火縄を持ってきたらしく囲炉裏の薪《まき》に火を移したようで杣小屋から灯りが洩れてきた。磐音は杣小屋に暮らし始めてから、どのような寒さでも囲炉裏の薪を燃すことはなかった。寒さに耐えることも修行と思ったからだ。

磐音はさらに四半刻ほど岩場で待ち、杣小屋へと大回りして戻った。

杣小屋の二人も磐音の気配に気付いたようで、一人が戸を肩で押し開き、薪を一本灯り代わりに翳した。

なんと坂出進太郎ではないか。

磐音が九歳の折、魚島で六歳年上の坂出進太郎の脇腹を木刀で叩いて転がしたことがあった。時折、関前城下ですれ違うことはあったが、進太郎のほうが眼をそらした。

未だ闇に立つ磐音に気付いていないようで、掲げた薪をあちらこちらに動かし、あっ、と悲鳴を洩らした。

「十数年前、魚島でそれがしが叩いた傷はもはや癒えたか」

「お、おのれ」

と喚いた進太郎が、

「赤星様、この小屋の主はやはり坂崎磐音にございましたぞ」

と小屋の中に伝えた。

「どけ」

と薪を手にした進太郎が杣小屋の外に押し出され、瘦身《そうしん》の赤星左源太が姿を現した。左腕を懐手《ふところで》にした形は、もしやして片腕の剣術家なのか。そのような話は噂にも磐音は聞いたことがなかった。黒小袖《こそで》の着流しに刀は磐音と同じく一本差しだ。

「野崎道雄どのを刺殺したのは、赤星どの、そなたか」

磐音の問いに赤星左源太が薄く嗤《わら》った。それが返答だった。

「許せぬ」

と磐音は包平の鯉口を切った。だが、刃渡り二尺七寸の大業物の柄には手をかけなかった。

赤星左源太もまた細身の剣に触れなかった。進太郎に向かい、松明《たいまつ》代わりの薪の灯りを磐音に向けよと顎で命じた。

磐音の顔が薪灯りに照らされた。

杣小屋の前の狭い明地だ。

間合いは一間半とない。雄美岬の湧き水が流れて磐音のほうが足場は悪かった。

だが、三月の暮らしで杣小屋の周りを承知していた。

赤星左源太が細身の剣を右手一本で抜いた。反《そ》りの浅い刃は直刀のようで、刃渡り二尺余と見た。

磐音も包平を抜いた。

互いの刃渡りは七寸余の差があった。

赤星の右手の刃の切っ先が虚空に半円を描いて磐音の喉元にぴたりとさだめられた。

左腕はあるのかないのか、袖が垂れていた。

正眼の構えに移した磐音は脳裏から野崎道雄を刺殺した殺人者の左腕の存在を消した。ただ剣術家として戦うことだけを考えた。

風待湊の内海から吹いてきた潮風が坂出進太郎の薪灯りを揺らした。その瞬間、赤星左源太が前かがみになって踏み込んできた。

磐音は見ていた。

左の懐手が現れて虚空に小柄《こづか》を擲《なげう》った。

その瞬間まで見届けた磐音は、右手の流れを飛び越え、小柄を避けると一気に間合いを詰めた。

相手の細身の剣が磐音の動きに合わされて動き、一瞬遅れて死地に踏み込んだ磐音の喉元に切っ先が光った。

だが、二尺七寸の大業物が虚空から迫りきた赤星左源太の首筋をほんの一瞬早く捉えて斬り割っていた。

細身の体が押しつぶされて前のめりに斃れた。

「あ、赤星様」

坂出進太郎から悲鳴が洩れた。

薪灯りを磐音に向かって投げた進太郎が雄美岬の崖路をしゃにむに駆け出していった。

「進太郎、止まれ。その先は岩場じゃ、海に落ちておるぞ」

恐怖に駆られた進太郎はひたすら磐音の前から逃げようと、十数丈の崖の縁から足を踏み外して、絶叫を上げながら海へと落ちていった。

赤星左源太の骸《むくろ》は泰然寺の無縁墓に納められ、坂出進太郎の亡骸《なきがら》は翌々日風待湊の内海で漁の網に引っかかって見つかった。

その結果、赤星左源太なる者が関前藩に存在したという事実はなく、進太郎は誤って岩場から落ちて絶命したと町奉行所が判断することになった。

数日後のことだ。

泰然寺で墓参りが行われた。

坂崎家と奈緒だけが岩谷家の墓に参り、宿坊の一室で昼餉を食した。

その席に磐音が姿を見せた。すでにこの場にいる者は磐音が、この三月余り泰然寺の杣小屋に潜んで独り修行を続けていたことを承知していた。

赤星左源太の骸を始末して、この経緯を承知していた願龍から坂崎正睦だけが前もって闇に葬られた騒ぎの経緯を克明に文で知らされていた。だが、内々の斎《とき》の場で、そのような話が口にされることは一切なかった。

明和五年（一七六八）のある日、穏やかな法事の一刻を皆が胸に染み入らせるように過ごした。

第五話　悲劇の予感

一

夕暮れの庭を磐音は漫然と見ていた。

庭の木々は磐音が神保小路に初めて訪れたときより大きく育ち、隣屋敷の敷地を譲りうけて尚武館道場を新たに設けたのちも歳月を重ねて、いつしか二つの拝領地は以前から一つの敷地のように馴染んでいた。

（明和六年〈一七六九〉の晩夏であったな）

直心影流佐々木道場と称していた神保小路を初めて訪れた日のことを遠い遠い昔のように磐音は感じて思い出そうとした。

（そうじゃ、実高様も身罷《みまか》られた）

磐音の周りで次々に知り合いが亡くなっていく。

（次はこの坂崎磐音の番じゃな）

と磐音はその考えを受け入れた。そして、江戸に上府した日に想いを戻した。

初めての江戸勤番だが、磐音の胸の中には二つの、

「大事」

が秘められていた。

大名家の参勤交代は、徳川幕府への忠誠心の証のために一年、あるいは二年に一度江戸に上府してくる。ゆえに参勤行列は当初石高家格に合わせた、

「軍列」

であった。だが、時代が経つと「軍列」は形骸化して各大名家の威勢を示す華美な、

「行列」

と変わった。

そんな参勤上番の一員として上府した磐音は、江戸藩邸に詰めるのではなく佐々木道場の住み込み門弟となることを藩主の福坂実高より許されていた。

同時に磐音には、神保小路で剣術修行を続けながら、国家老宍戸文六に藩政を壟断された関前藩の状況を打破するために、密やかに、

「藩政改革」

の準備を江戸滞在の間になすことが課せられている、と考えていた。

中老の父坂崎正睦に命じられたわけではない。だが、実高が、佐々木道場の住み込み門弟を磐音に許した背景には、そのような、

「暗黙の思惑」

があるはずと磐音は考えていた。

二十四歳の磐音にとって江戸も初めてならば参勤交代の道中も初めてであった。

豊後関前藩の参勤行列は海路と陸路が併用された。

関前の風待湊を出た船団は豊後水道から瀬戸内に入り、摂津にて上陸した。このように中国筋、西国筋、南海道の大名家では地理的な条件を生かした海路をとった。

六万石の関前藩の「海御座船《うみござぶね》」静海丸は五百石船であった。それは大大名も同様で、「武家諸法度」で五百石以内と制限されていたからだ。ゆえに静海丸も帆十八反の帆船に二階建ての館を設けた造りであった。

また各種の荷を積んだ小早《こはや》や飲み水を積んだ水船、各船の間の連絡の役を果たす鯨船《くじらぶね》など用途に応じた船が随伴したゆえ「船団」の体を呈した。

国持大名薩摩藩などは百隻に近い大船団となった。

関前藩でも三十数艘の大小の船が瀬戸内を航行した。実高の乗る静海丸の館は、どこの大名家の海御座船と同じく船体の真ん中より前にあった。されど大大名と関前藩では海御座船の内装が違った。

肥後熊本藩細川家の「海御座船」は四季折々の大和絵《やまとえ》が描かれた華美なものであった。さりながら五百石と制限された海御座船の上段の間はどの藩も四畳半ほどの広さであった。

藩財政事情が極度に悪化した関前藩の「海御座船」は、上段の間とて質素な造りであった。

参勤交代を慣例化することによって大名家に家格なりの費えを強いるのが公儀側の狙いであり、一方大名側は出来るだけ費えを少なくするために船団の数を減らそうとした。だが、要るものは要る。

磐音は初めて静海丸に乗って実高に従い、瀬戸の内海を航行した。

実高が磐音を館の上段の間に呼んだのは、関前を出船して三日目のことだった。

周りには二人だけで小姓も遠ざけられていた。

「磐音、船酔いはせぬか」

と実高が磐音を気遣った。

「殿、関前藩は海の国であり、山の国でもございます。幼いころから舟遊びをしてきましたで、船酔いは致しませぬ」

「瀬戸内とて野分《のわき》のように海が荒れるときがあるぞ。その折の磐音が見たいものよ」

と笑いながら言った実高が、

「磐音、そなたには三年の江戸上府を命じたな」

と主従が互いに承知の事実に触れた。

「殿、剣術修行をお許し頂き、恐悦至極にございます」

磐音は改めて礼を述べた。

「直心影流佐々木玲圓道場での住み込み修行であったな」

「はい」

実高はすでに承知の事実を質し、しばし間を置いた。そして、

「関前藩が直面しておる藩政の中で、そなたの剣術修行がいかなる意を含んでお

るか、磐音、そなたに改めて説明するまでもあるまい」

「はっ」

と緊張の声音で短く答えた磐音に実高が、

「頼む」

と願った。

主従の会話は終わった。

磐音は、実高が直面している関前藩財政の惨状を思い出して、忠誠を尽くすべき藩主をないがしろにして藩政を壟断する国家老宍戸文六への怒りを禁じ得なかった。

関前藩の参勤行列は無事に駿河台《するがだい》富士見坂の江戸藩邸に入ったが、藩主福坂実高には公儀への上府挨拶などなすべき行事があった。

磐音は実高に従い、公儀への参勤上番の「登城挨拶」などを経験した。そのために数日が費やされ、その上屋敷内での細々した行事などが目白押しで、神保小路の佐々木道場を訪れるのは当初考えていた以上に遅れた。

磐音は藩の公務を勤めながら、早朝に起きて藩邸の道場で独り稽古を続けてきた。そんな中で磐音は静海丸の館で実高と交した短い問答を幾たびも思い出していた。

三年の歳月のうちに二つの大事の目処《めど》を付けることができるのか。

磐音にとって剣術修行は侍の本分とはいえ、戦国時代が遠くに去った明和の御世には「私事」に近かった。中老の嫡男ゆえに許された「我儘《わがまま》」という流言が関前城下を立つ以前、磐音の耳にも聞こえてきた。

剣術修行は「私事」であると同時に実高の願う「藩政改革」に必ず役に立つはずと、磐音は己に言い聞かせてきた。

もう一つの大事とは、国家老宍戸文六に壟断された藩政の実権を藩主福坂実高の手に取り戻すことだった。

三年の江戸滞在の短期間に、二つの大事の目処をなんとしても付けねばならなかった。

江戸藩邸に入った磐音は、密かに江戸藩邸の藩士たちの言動を観察することにした。直目付の中居半蔵らと話し合うことも避けた。

磐音は、未だ判然としない江戸藩邸の藩士らの考え方が分かるまで、「剣術ばか」を通すつもりだった。この「剣術ばか」なる言葉は、「豊後申し合い」で中戸道場が初制覇した以後、諸星道場の、つまりは国家老宍戸文六一派の面々が磐音につけた蔑みの呼び名だった。

参勤上府の公儀への公式挨拶などを果たし、江戸藩邸の暮らしが落ち着いたころには上府から一月以上が経っていた。そんな折、実高が江戸家老ら重臣の前で、

「坂崎磐音、神保小路佐々木道場の住み込み門弟を許す」

と改めて告げたことで磐音の望みが叶うことになった。

「はっ、有難き幸せにございます」

と平伏した磐音の耳に、

「おや、『剣術ばか』どのは一応挨拶も心得てござる」

との囁《ささや》きが聞こえてきた。

翌日、磐音は神保小路の佐々木道場に立った。
関前藩で佐々木道場は、江戸有数の剣道場と聞いていた。だが、長屋門も道場の建物自体も建てられてからの年季を示して傷《いた》んでいた。それでも道場自体は門弟衆の手入れが行き届いて清々しかった
磐音の入門の願いに応対したのは師範代の浅村新右衛門《あさむらしんえもん》であった。磐音の言葉

を聞いた浅村は稽古着に換えるように命じ、自ら稽古相手を務めようとした。

磐音は、佐々木玲圓先生のお許しを得たいと願い、稽古指導中の手が休められた折に浅村の口利きで対面した。指導をしていたときの厳しい顔が穏やかな表情に変わって磐音を見た。

「豊後関前藩、中戸信継先生の門弟か」

「はっ、はい」

「坂崎磐音じゃな」

名指しされた磐音は初めて佐々木道場に、いや、佐々木玲圓に畏《おそ》れを感じた。

一瞬にして磐音の脳裏を考えが飛び回った。

磐音は、神伝一刀流で己なりに修行を積んできた。とはいえ、

(東国剣法、何ほどのことがあらん)

と己惚《うぬぼ》れていたわけではない。だが、剣術以前に佐々木玲圓が醸し出す雰囲気には磐音が初めて感ずる、

「静かなる威圧と貫禄《かんろく》」

があった。玲圓の視線は、磐音がどれほどの覚悟で神保小路の佐々木道場の門を潜ったかを見ていた。

（剣術修行と藩政改革の二つの大事を両立などできるわけもない）

磐音は咄嗟《とっさ》に藩政改革はいったん忘れるべき、剣術修行一つに邁進すべきと気持ちを切り替えた。

ぽつんと玲圓が、

「思い違いかのう」

と呟いた。

磐音はその呟きに応じてはならぬ気がして黙していた。

「剣風を見てみようか」

玲圓が磐音に稽古をつけると言い、周りの門弟衆が驚いた。

「そのほうら、こちらに気にせず稽古を続けよ」

と住み込み門弟に声をかけた玲圓が、立ち上がった磐音に、

「中戸信継先生が推薦される弟子がどのような稽古を積んできたか見るのだ」

初対面の佐々木玲圓と坂崎磐音の打ち込みは、実に優しく、稽古のあと、

「神伝一刀流には剣術の古きよき香りが残っておるな」

と感想を述べるに留まった。本式の稽古ではなく磐音の剣風を見ることだったかと、門弟衆は得心した。

初対面から数日後のことだ。

朝稽古が始まると木刀を手にした玲圓は、新入りの磐音を呼び、稽古をつけるという。佐々木道場で玲圓が新入りに本式の稽古をつけることなど稀有《けう》のことだった。それは道場でも滅多に見られないほどの猛稽古であった。この稽古は一日で終わることなく、磐音の体の回復を待って、幾たびも繰り返されることになる。

その稽古の凄《すさ》まじさは古参の門弟すらこれまで見たこともないもので、神保小路界隈でも評判となり、ついには、

「百回昏倒《こんとう》三刻（およそ六時間）稽古」

と呼ばれ、のちに佐々木道場の伝説になる。

「玲圓先生は、なんぞ新入りの門弟に恨《うら》みでもあるのか」

「なんとも恐ろしき打ち込みじゃな」

と初めて猛稽古を見た門弟たちは、真っ青な顔を引き攣《つ》らせて小声で言い合った。

磐音自身は、「百回昏倒三刻稽古」にどう対応したか、記憶が曖昧だった。ただ玲圓の木刀の痛みに道場の床に転がって意識が薄れ、住み込み門弟らに水を顔

にかけられて気を取り戻し、木刀を持ち直して玲圓によろよろと立ち向かってい
く光景をかすかに思い出し、あれが己の姿だったのかどうか訝しく思ったものだ。
また師範代の浅村新右衛門は初めての「百回昏倒三刻稽古」を見て、
「あやつ、今夜にも長屋から逃げ出すな」
と案じたものだ。
だが、浅村師範代が次の夜明け前道場に入ってみると、広い道場の床を独り拭
き掃除している者がいた。
「うむ」
なんと玲圓の猛稽古を受けた坂崎磐音だった。
（先生は、この者の人柄を見抜いておられたか）
と気付いた。
磐音は夜か昼かも判別つかず、時に道場で倒れたまま眠り込んだこともあった。
そんな月日がどれほど続いたのか。
体も心も打ちのめされた最中に、
（剣法とはなんぞや）

との考えが浮かんだ。

磐音にとって剣術は物心ついた折から日々の暮らしの中にあった。考えが定まらない幼いうちから木刀を振り回し、市来治五郎に神伝一刀流の基を教わり、ひたすら動きとかたちと間を学んできた。

十二歳でようやく中戸道場に入門を許され、慎之輔や琴平と稽古をなすことが楽しくて仕方がなかった。

いつのことであったか、中戸信継が、

「磐音の剣術はな、まるで春先の縁側で日向《ひなた》ぼっこをしてな、居眠りをしておる年寄り猫のようじゃ」

と弟子たちの前で呟いたことがある。

「中戸先生、磐音の剣法は居眠りしている年寄り猫ですか」

と琴平が質すと、

「おお、ついな、日向ぼっこをしている年寄り猫に騙されて手を出すとな、いきなりばしりと反撃を食らう」

「先生、磐音は幼いころからそんな風な剣術でしたぞ」

「剣術に後の先というのがあるが、あの技とも違うな。人柄からにじみ出た剣風かのう」

との問答以来、中戸道場では磐音の剣術をなんとなく、

「居眠り剣法」

と呼ぶようになっていた。

(玲圓先生は居眠り剣法を嫌っておられるのか)

磐音が江戸に出てきて秋が過ぎ、冬になった。その朝も玲圓と寒気が漂う道場で木刀を構え合った。

今や玲圓の磐音に対する「百回昏倒三刻稽古」は、佐々木道場の見物というより伝説になりつつあった。

直心影流の達人佐々木玲圓に何百回となく木刀で打たれ、床に転がされても立ち上がっていく磐音の姿は、執念をむき出しにして鬼気迫るものがあった。

この稽古を初めて見ただれもが、

「うむ」

と唸って言葉を失った。

昨夜、夢の中で信継の言葉を聞いた。

「磐音、稽古に勝負を持ち込むのは愚、稽古は己の悪癖を拭い捨て、よきところを伸ばすために行うものじゃ。そのためには相手に打たれて打たれ尽くせ。それが本物の稽古となり、身に力がつく。勝ち負けなどどうでもよきことよ」

磐音は佐々木道場の長屋の寝床で信継の言葉を思い出し、

(玲圓先生は己の悪癖を教えておられるのか)

と思いついた。すると道場で師匠に叩かれることも床に昏倒することも教えか、と気付いた。

その朝、磐音はいつものように玲圓と対峙しながら、玲圓が攻めてくるのを無心に待った。だが、その朝の玲圓は打ち込んでこなかった。

ならば、己のほうから打ち込んでいこう、と考えた瞬間、玲圓が木刀を引いた。

「磐音、本日の稽古は終わりじゃ」

道場に静寂が漂った。

「破門にございますか」

磐音の問いに玲圓が微笑んだ。

「そなたに教えることはもはや玲圓にはない」

「玲圓先生、それがし、入門して半年にもなりません」

「そなたの体じゅうのあざが直心影流の極意と思え。そなたの剣術は神伝一刀流であって神伝一刀流でなし、直心影流であって直心影流でなし。坂崎磐音の居眠り剣法を確立せよ」

と厳命した。

「居眠り剣法は流儀ではございません。朋輩が面白おかしく呼んだ異名にございます」

「磐音、流儀とはなにか」

と玲圓が反問した。

「未だ分かりません」

「流儀を極めたと申す者は、そこで技が止まる。そなたの人柄から滲《にじ》み出た居眠り剣法は、人柄ゆえに生涯を左右する剣術ならん」

と玲圓が言い、

「よう頑張った」

と会釈した玲圓は言い添えた。

「お教え有難うございました」

磬音の言葉に佐々木道場に穏やかな風が吹き抜けた。久しぶりのことだった。見所《けんぞ》に行きかけた玲圓が磬音を振り返り、

「ようも頑張り抜いたわ」

とまた同じ言葉を繰り返した。

二

一年後、すでに所帯を持ち、河出家の家禄を継いだ河出慎之輔が江戸在勤の命を受けた。二十六歳にして初めての江戸行だった。

これで三人の幼馴染みのなかで、小林琴平だけが未だ江戸行の話が出ていなかった。ところが在府中の藩主福坂実高にどのような手を使ったか、剣術修行と称して、河出慎之輔の江戸行に琴平が加わっていた。

琴平の江戸行は、道場主の中戸信継や中老の坂崎正睦に根気よく働きかけた「成果」だ、と琴平は思った。

その数日前のことだ。

坂崎家に河出慎之輔と舞の夫婦が慎之輔の参勤の挨拶に来た。その夫婦に小林

琴平と奈緒の兄妹も従っていた。その時点まで小林琴平が江戸へ慎之輔と同行することなどだれも知らなかった。琴平自身も中戸信継や坂崎正睦への働きかけが功を奏さないことで、こたびの江戸行は半ば諦《あきら》めかけていた。

「義兄上《あにうえ》、磐音様にお会いしたらこの文をお届け下さいますか」

奈緒が慎之輔に願った。

「むろんのことだ。それがし、江戸に磐音がおると思うとどれほど心強いことか。そなたの文を届けることなど至極容易《たやす》いことじゃ、奈緒」

照埜と奈緒がしばしば会って磐音から届く文を交換して読み比べていることを慎之輔も舞も承知していた。

「琴平、そなたの父上が病身ゆえ、こたびの江戸勤番の一人には加えられなかったと、それがしは見ておる。それがしと磐音が関前に戻った折にそなたが代わりに江戸へ向かうことになるかのう。一、二年遅くなることを悔やむでないぞ、これは藩命、御用ゆえな」

「慎之輔、気にかけんでもよい。それがしはそれがしの道を歩くでな。磐音や慎之輔とは違う」

「兄上、わが主や磐音様と違うとはどういう意でございますか」

と実兄の数多《あまた》の言動に惑わされてきた舞がいささか不安げな顔で尋ねたものだ。

「深い意はない。だがな、舞、世の中には摩訶《まか》不思議なことが起こることもあると申しておるのだ」

この場には登城中のために坂崎正睦の姿はなかった。

「舞、琴平の言葉になんの確証もないことはそなたもとくと承知であろうが」

慎之輔が嫁の舞の不安を取り除くように言った。

「はい、よう承知しております。ゆえに」

「疑心が起きたか」

舞が頷いた。

「義兄上、そんなことより磐音様が息災かどうか江戸でお会いになったらすぐに文で知らせて下さいまし」

「奈緒、江戸から戻られた家臣のだれもが、江戸に坂崎磐音がおることを知らぬようでな、磐音は佐々木道場でひたすら直心影流の稽古に邁進没頭しておるのであろう。で、ございましょう、照埜様」

慎之輔が最後は照埜に視線を向けて問うた。

「磐音の文には剣術のこと以外、一言半句も、江戸ではどのようなものが流行《はや》っておるかとか、町並みはどのようなところとか、物の値はいくらかとか、一切認めてございません。私への文ばかりか、奈緒様の文にも堅苦しい剣術話ばかりが書かれております」

「あいつ、剣術好きじゃからな」

と琴平が悔し気に洩らした。

「兄上は江戸には憧れはさほどないようでございますが、東国の剣術には関心があるのですね」

「舞、なにやかにや言うても江戸には三百諸侯の家臣が滞在しておられる。その中でも剣術自慢の兵《つわもの》が直心影流の佐々木道場で猛稽古をしておると思うとな、それだけはなんとも悔しいぞ」

と琴平が言った。

「兄上、なんでも長兄が最初です。そして、次兄の義兄上が二番目に、最後に末弟の兄上が江戸へと参られる順番でございましょう」

奈緒の言葉に琴平は胸中で、

(兄弟順ではないぞ、家禄順じゃぞ)

と幾たびも考えた言葉が浮かんだが、口にすることはなかった。

「この関前城下に江戸勤番を終えた三兄弟が集うのはいつのことでございましょうかな」

照埜がぽつんともらし、

「三家がすべて代替わりしたあとのことでしょうかね」

と語を継いだ。

その場にいる全員の胸のなかには、国家老宍戸文六の関前藩を強権で意のままに操る専断政治があった。だが、だれもそのことを言葉にしなかった。それが身内同様の間柄であっても、口にすべきではないという風潮が日々強まっていた。

さりながら二年余り後、「三兄弟」が関前城下に戻りついたその夜に悲劇が三家を襲うなど、この場の者には努々《ゆめゆめ》考えられないことだった。

「ともあれ磐音は関前におりません。そろそろわが主も下城して参りましょう。今宵《こよい》の宴の模様を慎之輔どの、磐音に伝えて下されよ」

と照埜が言い、台所から伊代が姿を見せて、

「母上、料理の味を見て下さい」

と願った。

風待湊から摂津大坂に向かう関前藩の御用船に河出慎之輔と小林琴平が乗船して、見送りの身内や家臣たちに手を振っていた。だが、雄美岬を北へと回り込み始めたとき、

「琴平、そなた、どのような手妻を使ったのだ。ようも藩の御用船に乗れる許しが出たな、いや、江戸での剣術修行の許しが出たものよ」

と最前湊にて旅姿の小林琴平を見た折の驚きを残した慎之輔が尋ねたものだ。

「ゆえに過日、坂崎家でそれがしはそれがしの道を歩くと言うたではないか」

「中老坂崎様のお力添えか」

「もはやそのようなことはどうでもよかろう。ともかくそれがしに江戸での剣術修行が許されたのだ、それが大事なことだ」

と琴平が言い切った。

慎之輔は、かようながんどう返しは小林琴平にしかできまいと思った。がんどう返しとはどんでん返しと同じ意だ。

一方関前城下の船着場でも、

「奈緒、そなた、兄上がわが亭主と同行することをいつから承知でした」

と詰問調で姉の舞が問うていた。

「今朝方です。旅仕度の兄の姿を父上が苦々しい顔で見送っておいでのとき、母から、『急に琴平の江戸行が決まったそうな』と聞かされました」

「父上は、かような真似はお嫌いですからね」

と舞が言い放った。

納戸頭の父は、自らが病身ゆえ十分に藩の御用を全うしていないという引け目を常に胸に秘めてきた。故に自らは地道に控えめに御用を務めて生きてきた。ところが小林家の嫡男琴平は、関前藩士の中でも指折りの出しゃばり者で城下では、

「納戸頭の嫡子はいたずら好きよ、それに比べて妹二人は、関前一の美形姉妹にござる。この三人が同じ血筋とは、これいかに」

などと面白おかしい評判が立っていた。

奈緒が照埜に小声で尋ねた。

「兄の江戸行は中老様のお力添えですか」

「いえ、奈緒様、これぱかりはわが亭主ではどうにもなりますまい。お殿様のご決断がなければできません」

と照埜は答えていた。正睦からだれに尋ねられてもそう答えよと命じられてのことだった。

なんとなくだが兄のがんどう返しの江戸行には、坂崎磐音が一枚関わっているのではないかと、奈緒は推量した。

海路何百里も離れた江戸の神保小路の直心影流佐々木道場では、道場主の佐々木玲圓が、入門して一年が経過した坂崎磐音の稽古ぶりを見ていた。

玲圓にとって坂崎磐音は不思議な剣術家といえた。

初対面から数日後に磐音と手合わせした折、玲圓は磐音を失神するほど叩き伏せた。玲圓にしては珍しいことで、住み込み門弟衆の頭分本多《ほんだ》鐘四郎《かねしろう》は、

（玲圓先生はいかな考えでかような仕儀を）

と訝しく思ったものだった。

翌日、玲圓の手合わせが厳しいと本多から聞かされたとき、磐音は玲圓がこれまでの関前藩中戸道場の稽古ぶりを中戸信継の書状によって承知であったかと、考えた。

初めての猛稽古の折、玲圓の誘いに磐音は木刀を翳して敢然と攻めた。弾かれても弾かれても攻めに攻めた。もはや玲圓に隠すべきことなどなにもない、というほど力を絞り切って攻めた。

住み込み門弟の先輩衆が半刻、一刻と続く攻防を見ていた。

だが、玲圓と磐音はさらに四半刻ほど動き続け、玲圓が、
すっ
と木刀を引き、退った。

磐音も朦朧としながらも、師匠の合図を受け止めた。

磐音は道場の床に座し、深々と平伏し、

「ご指導有難うございました」

と述べた。

玲圓がつかつかと磐音に近付き、

「消えたな」

と一言だけ言い残して道場から母屋へと姿を消した。

消えたとは、なにか。

磐音は考えを巡らした。そして、玲圓先生は、磐音が赤星左源太と真剣勝負をして相手を斬ったことを剣術家の勘で察していたのではないか、と思い付いた。人を斬るということはどのような理由であれ、身に沁み込んで残るのだ、ということを玲圓は磐音に教えたのではないか。そのことを磐音とのあの日の打ち合い

に察して、五体から血の臭いが消え去るまで稽古を続けさせたのではないか、と磐音は感じた。

もうすぐ河出慎之輔が江戸へと出てくる、そして、おそらく小林琴平も慎之輔と同行してくることを推測していた。むろん江戸勤番は慎之輔だけだった。だが、琴平が剣術修行を望んでいることを磐音は感じていた。

磐音が上府して半年も経ったころか、佐々木道場に下城途中の福坂実高が数人の御番衆を伴い、見学にきた。

江戸にある数多の道場のなかでも神保小路の佐々木道場は、格別の道場として知られていた。城近くの武家地に道場を構えること自体、幕府と関わりがあることを示していた。つまりは佐々木家の先祖は徳川幕府の譜代の家臣であり、曰くがあって幕臣を離れたが、その代わりに拝領屋敷で道場を開くことを許されたのだ。よって佐々木道場は、幕臣や大名諸家から、

「公儀道場」

として暗黙裡に了解されていたのだ。ゆえに大身《たいしん》旗本や大名の家臣たちが入門し、剣術好きの主たちが佐々木道場に見物にくることがしばしばあった。

福坂実高もそのような体で佐々木道場を、いや、坂崎磐音の精進ぶりを見物に

きたのだ。

見所から磐音の稽古を見ながら実高と佐々木玲圓が何事か話をした。だが、稽古に没頭する磐音は気付かなかった。

半刻以上も見物した実高が道場から辞去しようとすると、玲圓自らが稽古の最中の磐音のもとへ来て、

「福坂実高様のお帰りじゃ、門前まで送って参れ」

と命じた。

佐々木道場ではどのような身分であれ、一門弟として扱われた。それを玲圓は、わざわざ見送るように命じたのだ。

道場にあって佐々木玲圓の命は絶対だ。

「はっ」

と承った磐音は、内玄関より式台前に出た。するとそこに実高一人がいた。護衛方の御番衆と乗り物は門前にいるのが見えた。

「実高様、お久しゅうございます」

「険しい稽古じゃのう、さすがは佐々木道場じゃな」

「殿のご厚意により佐々木道場に入門できたことを感謝申し上げます」

「佐々木先生がそなたの稽古ぶりを褒めておられた」

「それがしの技量、力は足りぬことばかりです。ゆえに人一倍稽古するしか殿のご厚意に報いる道はございません」

「磐音」

と名を呼んだ実高がしばし間を置いて、

「そなた、『豊後申し合い』を制した折、二人の仲間がおったのう」

むろん実高は残りの二人がだれか承知していた。

「御先手組河出慎之輔と、納戸頭小林助成の嫡子琴平にございます」

磐音の言葉に頷いた実高が、

「次なる江戸勤番じゃが河出慎之輔に命じるつもりである」

と言った。

藩主が人事を一家臣の嫡子に告げることは異例と、磐音は承知していた。ゆえになにも答えなかった。

「磐音、なんぞ注文があるか」

「殿、それがし、未だ実高様の家臣ではございません。名目上小姓組に与する見習に過ぎません」

「正睦の跡を継ぐ気はないのか」

「すべて藩主福坂実高様の命次第にございます」

「それを承知で聞いておる」

しばし磐音は沈思し、

「殿、毛利元就様の故事を不遜《ふそん》にも思い浮かべました」

「一本の矢は折れ易いが、三本束ねれば簡単には折れぬ、という故事か」

「はい」

こんどは実高が沈思した。長い沈黙のあと、

「関前藩には淀んだ気が覆っておる。その気をなんとかせぬとな」

と独りごとを呟くように洩らした。

その言葉だけで磐音は、磐音ら若い世代に課せられている責務を理解した。

磐音が江戸へ出てきて一年が経過し、河出慎之輔が江戸勤番の交代要員として出府してきた。その翌日、佐々木道場に姿を見せた慎之輔に小林琴平が従っているのを見て、磐音は実高が磐音との、

「暗黙の了解事項」

を為したことを知った。

「慎之輔、琴平、よう江戸に参ったな」

と迎える磐音に琴平が、

「磐音、それがしの上府に驚く様子はないな」

と質した。

「なにか曰くがあるのか。それがし、この一年、ほとんどこの佐々木道場で稽古に明け暮れてきたでな、江戸藩邸の事情は知らぬ」

「さような勝手を磐音はなしておったか。関前に残った慎之輔とそれがしは、えらい苦労をしたぞ」

琴平の言葉を慎之輔は黙したまま聞いていた。その二人の対照的な言動に、

(やはりなにかがあったのだ)

と磐音は思い、話題を切り替えた。

「慎之輔、琴平、佐々木玲圓先生に紹介致す」

「おお、この日をどれほど待っていたか」

と琴平がさっさと式台から道場の入口に通り、

「おお、さすがは江戸の佐々木道場、広いな」

と感嘆の声を上げた。

その琴平を見ながら慎之輔と磐音はしばし黙って顔を見合わせた。

三

この日、外堀屋敷町の坂崎家を小林奈緒が訪ねた。応対したのは坂崎照埜だった。二人の手には各々書状が持たれていた。

「奈緒様のところにも磐音から文が届きましたか」

「はい。照埜様にも」

「届きました」

と答えた照埜が嫡子の将来の嫁を屋敷の奥座敷に招じ上げた。

いつものように坂崎家の仏壇に文を捧げて、奈緒は合掌した。

照埜がふだん大半の時を過ごす縁側にある居間の東に位置する庭には、真ん中がくびれて石橋が架かる池があって花菖蒲が咲き誇っていた。

中老坂崎家の花菖蒲は関前でもしっとりとした美しさで評判で、朝には何人もの見物人が訪れた。坂崎家では、武家方であれ町人であれ、花菖蒲の時節には庭を開放していた。

だが、刻限は昼下がりだ。

夏の陽射しに花菖蒲はひっそりと夕暮れの風が吹くのを待っていた。

照埜が二人分の茶菓を自ら運んできて、座敷に向き合って座った。そして、儀式のように磐音からそれぞれに届いた文を交換した。

「奈緒様、兄者の琴平どのから文は届きましたか」

いつもとは違う、どことなく沈んだ様子の奈緒に照埜が尋ねた。奈緒が顔を横にふり、

「兄からは未だ一通の文もわが家に届きません。磐音様が私に文を時折書いて下さるので、当人はそれでことが済むと思うておるのでしょう」

と嘆きの言葉を返した。

「琴平どのらしいわね」

と応じた照埜が一瞬奈緒の表情を気にしたのち、磐音から奈緒に届いた文に視線を落とした。それを見た奈緒も手にした書状を両手で捧げて、ゆっくりと文を披《ひら》いた。

二人は、いつものように二度繰り返して磐音からの文を読んだ。

磐音の母親あての文と、許婚の奈緒に向けた文はほぼ同じ内容だが、こたびは奈緒の文に、佐々木道場の住み込み門弟を終えて関前藩江戸藩邸に戻り、道場への通い稽古と変わったことが認められていた。一方、照埜に宛てては、今年の花菖蒲の出来はいかがですかと、坂崎家の名物の咲き具合を尋ねる一条があった。

丁寧に文を畳み直した二人は二通の文を本来の宛名人へと戻した。

「磐音様は心遣いのお方です。兄の動静まで認めて下さいます」

「琴平どのは相変わらずわが道を行く剣術修行のようですね」

「中戸先生といい、佐々木玲圓様といい、兄のわがままを許して下さるよき師に恵まれました」

「私は剣術のことはよく分かりません。琴平どのらしい剣術修行を続けておられるようです」

「長兄の磐音様がきっと末弟を庇《かば》って佐々木先生や他の門弟衆との間に立っておられるのだと思います。うちの兄はそんな磐音様に甘え過ぎです」

「関前の三兄弟は物心ついた折からそれぞれの立場を弁《わきま》えておりますからね」

と笑った照埜が、

「慎之輔どのは、舞様に文を出しておられましょうね」

「義兄は隠居なされた父御と母御様と姉に宛てた文を磐音様とほぼ同じころに出して参られます」

「息災にて江戸勤番を務めておられるのであればなによりです」

「はい」

と答えた奈緒の顔に照埜は最前奈緒が見せた、

「憂い」

の表情が戻っていることを認めた。

「お茶が冷めました。淹れ替えましょうか」

「そのほうが宜しければ私が淹れ替えます」

と奈緒が答えた。

「いえ、この暑さです。冷えたお茶もようございましょう」

「ならば、私も」

と二人は冷めかけたお茶を喫した。

「奈緒様、そなたとはわが娘の伊代よりも長い付き合いです。初めてわが屋敷を訪れたときより十数年にわたる歳月を過ごして参りました」

照埜が当たり前のことを口にした。その言葉を奈緒は黙って聞いた。だが、なにか返答することはなかった。照埜の言葉は未だ終わってないことを承知していたからだ。

「江戸の三人はそれぞれ御用や稽古を務めておるようです。格別案ずることはございますまい」

照埜が奈緒を見た。

奈緒には話していなかったが、磐音が父の正睦に宛てた偽名の書状を泰然寺の願龍和尚に出していることを照埜は承知していた。関前藩の藩政に関わる内容の書状と推測され、墓参りにいく照埜に願龍から密かに渡され、正睦に届いていた。その数、この一年余で七通はあった。

関前藩の藩政が老練な国家老宍戸文六とその一派の手に握られていることは幾たびか前述した。

この専断政治を打破するために江戸藩邸の若い藩士らを結集して藩政改革の、

「修学会」

を始めようと磐音は密かに考えていた。ただ今は佐々木道場の住み込み門弟という立場を利用して外から江戸藩邸の家臣たちの考えを、平たくいえば宍戸文六派にすでに与しているかどうかを観察していた。佐々木道場のある神保小路と関前藩江戸藩邸のある駿河台富士見坂は近かった。ゆえに関前藩邸に出入りする商人などを通して噂は伝わってきた。

磐音が藩主実高の供で江戸参勤に上がる折、正睦は磐音に剣術修行の他にもう一つの大事を命じていた。それは関前藩の莫大な借財を減ずるために、

「江戸に参ったら蔵前の札差《ふださし》や商人たちとも広く交わり、彼らから藩運営を学んで参れ」

という一条だった。だが、江戸藩邸にも宍戸一派の家臣はいた。そこで磐音は佐々木道場で一年余、

「剣術修行」

に没頭する体をとった。むろん磐音にとって直心影流佐々木道場での剣術修行はなによりの願いであり、夢であった。と同時に剣術修行に専念する行為は、宍戸一派の家臣たちの眼を晦《くら》ます意味もあった。さらに磐音は佐々木道場で剣術に没頭する姿を見せながら、江戸藩邸の直目付中居半蔵らから密かに江戸藩邸の事情を得ていた。だが、大名家の家臣が何年にもわたり剣術一筋に過ごすわけにはいかなかった。

一年余の住み込み門弟が終わり、通い稽古に変わったとき、磐音は江戸藩邸で

文武を講ずるという名目の、

「修学会」

を始めた。

同じころ河出慎之輔と小林琴平が江戸へと出府してきた。

今は二人の江戸滞在が落ち着いた時節だ。

そんな折、照埜は奈緒の顔に憂いを見た。

「奈緒様、どうなさりましたか。なんぞ胸中に悩みを秘めておられるように思えます」

「申し訳ありません。照埜様にさような顔を見せておりましたか」

「私たちの間に遠慮は無用です。身内同然の付き合いと思いましたがね。父上の助成どのの具合がよくありませぬか」

「いえ。とは申せ、父に関わりがないとは申せません」

「ほう、助成どのになにがございました。いずれは姑《しゅうとめ》になるこの照埜に話してみませんか」

首肯した奈緒はさらに迷った。あれこれと頭の中で考えた末に、

「偶さか父と母の話を聞いてしまいました。父が下城した直後のことでございま

す」

納戸頭小林助成は病弱でこれまで数多の病を経験してきた。ためにしばしば藩務の対応が遅れることがあった。だが、藩主の福坂実高は、

「上士中士下士に中間小者を含んで何百人もの家臣がおるのじゃ。体が頑健なものもおれば病弱な者がいても致し方ないことであろう。病の折は、治療に努めて一日も早く御用に戻ることじゃ」

という考えで家臣の身を処した。

だが、ただ今の関前藩は国家老の宍戸文六一派が取り仕切っており、実高の江戸在府の折など実高の意に反する人事がしばしば行われた。

「城中でなんぞございましたか、おまえ様」

と女房の鶴女が主に質した。

「うむ、国家老の宍戸様に呼ばれてな、日ごろの病治療のための休みを咎《とが》められた。宍戸様は、『早々に職を辞せ』と命じられた」

助成の言葉に鶴女が息を飲んだ。

「おまえ様、関前藩の始まりから御用を勤めてきた小林家に国家老様が隠居を命

じられましたか。かような指図はお殿様のみがお決めになることではございませんか」

「いかにもさようじゃがな、ただ今の宍戸様には逆らえぬ」

「と、申されますと琴平を跡継ぎにせよと国家老様は申されますか」

父の返事は直ぐにはなかった。次の間にいた奈緒は、その沈黙は助成の隠居だけで済むことではないと言っているような気がした。

「わしが隠居し、琴平が跡継ぎになるならばそれもよし。じゃが、ご家老は琴平の納戸頭就任とは一言も申されなかった」

「おまえ様、譜代の臣が隠居するならば当然その嫡子が跡目を継ぐ、武家方の慣わしではございませんか」

「そうじゃがのう」

「琴平になにか」

「宍戸様は琴平が河出慎之輔に同行して剣術修行を目的に江戸へと出たことを強く咎められておる」

しばし二人の間に沈黙があった。

「おまえ様、琴平の上府はどなた様のお許しでございますか。あの日より気にかかっておったことでございます」

「わしも琴平がどのような手を使いおったかと、中老の坂崎様に確かめた。するとな、坂崎様から、『江戸の殿より書状にて小林琴平の江戸での剣術修行が許された』と、思いがけない返事を頂戴した」

「殿様のお許しならば国家老様が一々口をはさむことではございますまい」

助成はまた沈黙した。

「宍戸様は、琴平がどのような策を弄したか知らぬが、己の意に染まぬことをなしたと憤慨しておられるそうな」

こんどは鶴女がしばし黙り込んだ。

「小林家はどうなるのでございますか」

「それだ。『職を辞し、早々に屋敷を立ち退《の》くように、ならば悪いようにはせぬ』と申された」

「なんということが」

「宍戸文六様の言葉は信がおけぬ。殿が関前に戻ってくる前に事を終えるつもりであろう」

「小林家は断絶ですか。江戸の琴平はどういうことになりますので」

「分からぬ」

と助成が苦衷《くちゅう》の言葉を吐き出した。

「父と母の会話はかようなものにございました」

「驚きました」

というのが照埜の発した言葉であった。

「殿様在府の間、国家老が藩政を司るとは申せ、ひどい話ではございませぬか。奈緒様、この話には裏がございますよ」

「裏と申されますと」

「それは分かりませぬ。ですが、思い付きですが助成どのが宍戸一派に与するならば、最前の言葉は反古《ほご》にするとか、さようなことを考えられませぬか」

「父も兄も宍戸文六様のやり口には反対です。関前のすべてを司り、政をお決めになるのは福坂実高様お一人です」

その実高は江戸にいた。

二人の間に重い沈黙があった。

「奈緒様、そなたはこのまま屋敷にお戻りなされ。助成どの、鶴女どのにはわが家を訪ねたことを決して話してはなりませぬ」

　照埜の言葉に奈緒は迷いの表情を見せた。

「奈緒様、そなたは坂崎家嫡男磐音の許婚です、磐音が江戸から関前に戻れば祝言を上げて嫁になる身です。この話、単に小林家の話に終わるものではありません。宍戸文六様は、わが亭主どのを貶《おとし》める手立てをも考えておられましょう。宍戸一派のいいように企てを進めさせていいわけはありますまい」

　と照埜が言い切った。

　奈緒は坂崎家からの帰り道、外堀屋敷町から御馬場に出て、関前広小路へと向かった。

　そのとき、どこからか奈緒を見詰める眼を感じて身震いした。だが、陽も高く城下一の繁華な通りには多くの人びとが往来していた。安堵すると同時に奈緒の脳裏を不吉な考えが過った。

（磐音様と奈緒は夫婦になることができるのであろうか）

　磐音が福坂実高の参勤上番に伴い、関前城下を出立する前夜、奈緒は関前神社のお守り札を手縫《てぬ》いの袋に入れて届けていた。

「奈緒、三年などあっという間に過ぎようぞ」

「磐音様、奈緒にとって三年が永久の別れのように思えます」

三年の歳月をそのように思い付きで奈緒は表現した。

「奈緒、そなたは大仰《おおぎょう》に考え過ぎる。安心せよ、そなたのもとへ坂崎磐音は必ず戻って参る」

関前広小路の奈緒は、一年有余前に自分が発した言葉を思い出していた。そして、「永久の別れ」とは真のことではないか、と改めて考えて立ち竦んでいた。

坂崎正睦は、屋敷に戻ったあと、照埜から奈緒が訪れ、話したことを聞かされて、しばし思案した。

「奈緒は屋敷に無事戻ったであろうな」

「市来治五郎がおりましたので、密かにあとを追って無事に帰邸するのを見届けさせました」

「おお、よい判断であったな、照埜」

「珍しいこともあるもので、亭主どのから褒められました」

と照埜が苦笑いした。すると正睦が、

「いま一度登城致す」

と言い残すとふたたび乗り物の人になった。その一行には中戸道場で神伝一刀流を学ぶ市来治五郎が加わっていた。

次に正睦が戻ってきたのは深夜の四つ半（午後十一時）の刻限だった。疲れ切った顔には、達成感のような表情もあった。

「宍戸文六様とお話しになられましたか」

「会わぬわけにはいくまい」

「小林家の話、どうなりました」

「殿が関前に帰城されるまで助成の身は今のままとなった」

「それはようございました」

「よいことばかりではない。こちらも譲歩せねばならぬこともあったでな」

と苦々しい顔に変えた正睦が吐き捨てた。

数日後、照埜と伊代の親子に従って奈緒が坂崎家の菩提寺の清徳山養全寺に墓参りに行った。三人の女たちは代々の墓を清めて、線香を手向《たむ》けた。

奈緒は合掌瞑目しながら、坂崎家の先代の霊前に、

（小林家をお助け頂きありがとうございました）

と胸中で感謝の意を伝えた。

奈緒が照埜と会った翌日のことだ。

父の助成が肩の荷を下ろしたような顔付きで下城してきた。

迎えに出た鶴女に助成が、

「喜べ、昨日の話は立ち消えになった」

「おまえ様、どういうことでございますか」

「宍戸様は、『これまでのことは忘れて遣わす。向後身体を労《いたわ》り、御用を勤めよ』

ということであった」

「小林家は断絶せずに済んだのでございますね」

「おかしな話よ。ご家老の一存で福坂家家臣の身が致仕を命じられたり、翌日には御用を続けてもよいと言い直されたり、城中でなにが起こっておるのか、わしのような納戸頭にはさっぱり分からぬ」

と首を捻った。

二年有余後、奈緒は実姉が嫁に行った河出家、小林家、そしてわが身と磐音を襲った悲劇は、すでにこの時期より企てられていたのではないかと、気付いた。

だが、その折は、ほっと安堵して坂崎家累代の墓の前で合掌を解いて立ち上がり、

「照埜様、有難うございました」

と感謝の言葉を述べた。すると照埜が、

「はて、奈緒様から感謝されることなどございましたか」

と笑みの顔で応じたものだ。

四

磐音らは関前藩江戸藩邸の若手を中心に、文武や江戸の諸々を学ぶ「修学会」なる集いを始めた。むろん真の狙いは、豊後関前藩を壟断する国家老宍戸文六一派に対抗して、藩政を改革することであった。

すでに宍戸一派の手は江戸藩邸にも伸びていた。そこで磐音はこの一年有余、信頼できる若い家臣らの手を借りて、江戸藩邸の士分以上の家臣五十余名のうち、これぞと思う若手の言動を注視してきた。

すでに福坂実高は参勤下番《かばん》で江戸を離れていた。ゆえに江戸藩邸、中屋敷、下屋敷に江戸家老以下士分は五十数名しか滞在していなかった。

最初の「修学会」は神田川の左岸神田明神下の茶店で催した。

磐音らの呼びかけに集まったのは、わずか七名であった。磐音、慎之輔、琴平の三名を除くとわずか四人が、中老の嫡子磐音の呼びかけに応じた。その四名とは、江戸定府《じょうふ》の侍中小姓井上参ノ丞《いのうえさんのじょう》らであった。

集いの刻限、八つ（午後二時）過ぎになってもそれ以上の新たな家臣が姿を見せる様子はなかった。

「磐音、たったのこれだけか」

小林琴平が憮然《ぶぜん》とした顔で言い放った。

「琴平、繁華な江戸の町を少しでも学んで国許に伝えようという集いだ。最初から大勢の家臣が集まるものか。七人の仲間が集まってくれたのだ、良しとしなければなるまい」

と磐音が笑みの顔で応じた。

「坂崎どの、この集いは飽くまで江戸を知る勉強会ですな」

井上参ノ丞が磐音に質した。

「井上どの、いかにもさよう。なんぞご不満ですか」

磐音の問いに井上はしばし迷うように考え込み、

「それがし、関前藩の藩政を改革する集いかと思いました」

と六人の顔を見回した。

磐音は、井上ら定府の家臣らが反宍戸派であると、これまでの言動を注意深く勘案して承知していた。それでも慎重に事を進めることが大事と思っていた。

「井上どの、われら、志をいっしょにする仲間と思うておる。だがな、慎重の上にも慎重を期すのが坂崎磐音のやり方だ、そのあたりの意を汲んでくれぬか」

磐音が言わんとするところを琴平が代弁した。

「ならば坂崎様、この集い、殿はご承知と思うてようございますか」

と下士の庄司辰巳《しょうじたつみ》が磐音に質した。磐音はしばし迷った末に、こくりと頷き、

「それがしが剣術修行の名目で神保小路の佐々木道場に住み込むことを殿はお許し下さった。そして、かような『修学会』を催すことを、殿は承知のうえで江戸在勤を命じられたと確信しています」

と明確に答えた。

「坂崎様、殿の書付はございませんか」

井上が念押しした。

「井上どの、それがしの言葉を信じてもらうしかございません。われらの集いが

二度三度と回を重ねていくとき、われらの腹に溜まった考えを腹蔵なく話せるようになると思いませんか」

「坂崎様、江戸に滞在中の殿が神保小路の佐々木道場を見物に行かれ、そなたと密談したということは確かですか」

井上が念押しした。

「殿が佐々木道場を見物に訪れられたのは事実です。ですが、殿が、小姓組に籍を授けられたそれがしごとき若造と密談に及ぶなど、どこの大名家でも考えられますまい。われらの稽古ぶりを検分していかれたのです」

と磐音が否定した。すると、井上が満足げな笑みを顔に浮かべ、

「それがし、坂崎磐音様を信じます」

と言い切った。

この集いの「修学会」は二年余にわたり定期的に行われることになる。最初の集いから一年余が過ぎた時期には「修学会」常連の家臣は、およそ二十人を超えていた。むろんこの中に江戸藩邸の重臣らは加わっていなかった。

集いの常連たちは「修学会」の真の目的が、関前藩の藩政改革、なかんずく国家老宍戸文六に壟断される状況の打破と認識していた。

慎之輔と琴平が江戸へ出てきて十月も過ぎたころ、佐々木道場の朝稽古が終わったとき、慎之輔が磐音に言った。その場にいるのはほかに琴平の三人だけだ。

「われらの集いじゃが、常連の中に宍戸一派が二名ほど加わってはおらぬか」

「承知じゃ」

磐音が即座に言い切った。

「なに、そなた、宍戸派と承知で二人を集いに参加させておるのか」

「われらの話が宍戸派に漏れることは承知の上だ。慎之輔、琴平、藩政改革はこの江戸で行われるのではない。国許での改革が出来るかどうかにかかっていよう。ならば、江戸での『修学会』の模様が国家老宍戸文六様に伝わることを想定済みで集いを継続したほうが、国許ではわれらの『修学会』に重きを置かれないのではないか」

「そなた、さようなことまで考えて『修学会』を始めたか」

「琴平、事をなすのは簡単ではない。関前にわれらが戻ったときが勝負だ」

「よし、分かった。軍師は坂崎磐音じゃ、考えることはそなたに任せる」

と琴平が言った。

慎之輔が二人の問答を黙って聞いていたが、

「磐音、気にかかることを聞いた」

「なんだな、慎之輔」

「われらの『修学会』の集いの主導者は坂崎磐音であることは間違いない」

「おう、慎之輔、『豊後申し合い』を制したわれら三人が藩政改革の中心というのは最初から分かっていることではないか。なにを案じておる」

「江戸藩邸の宍戸派の頭分がどなたか、われらは承知しておるな。そのお方が、われら三人を分断するために坂崎磐音を始末するとおられるというぞ」

「だれからさような話を聞き込んだ」

「磐音、それは言えぬ。じゃが、信憑性は十分にある話とは思わぬか」

磐音が慎之輔の顔を正視しながら頷き、

「それがしだけではない。慎之輔も琴平も独りになったとき、くれぐれも軽率な行動をとるでないぞ」

と二人の友に言った。

「それがしは道場と屋敷以外、表に出ることはない。琴平、そなた、吉原や四宿《ししゅく》の遊び場に顔出ししておろう」

「遊里は江戸を知るうえで手っ取り早い場所じゃでな」

「そなた、情報を収集するために遊里通いをしておるのか」

慎之輔の詰問に琴平が頭を掻き、

「まあ、そんなところだ。義兄の私事は見逃してくれぬか」

と妹の亭主に言った。

「琴平、藩政改革は遊びではできぬ。われら、一人でも殿のご寛容に背き、欠けるようなことがあったとしたら、殿の心労に報いたとは言えまい」

磐音の問いに琴平がしばし考え、

「相分かった」

と答えた。

「磐音、そなたに危害を加えようとするものは藩士ではない。金で雇われた無頼の剣術家観世《かんぜ》六太夫《ろくだゆう》なる者と姓名も分かっておる。こやつの得意技は、流儀は分からぬが居合抜きと聞いた。こやつの一撃を承知の者でも迅速過ぎて、避けきれぬというぞ」

「慎之輔、そなたの話が真なれば、大いに助かる」

と磐音は答えた。

磐音は佐々木道場に独り残って稽古をすることが多くなった。父からもらい受けた備前の大業物包平《かねひら》を使い、抜き打つ稽古を黙々と続けた。だが、刃渡り二尺七寸余を抜き打つ稽古は容易ではなかった。

その日、佐々木道場に通い門弟もいなくなり、無人になった折、磐音は包平の下げ緒を外して鞘ごと抜いた。幾たびも幾たびも下げ緒を解いて鞘ごと抜く動きを続けた。

そのような稽古を何日も続けた。

この日、神田明神で「修学会」の集いがあった。師走のこともあり、集いが終わったあとに、神田明神近くの安直な茶屋で一杯飲むことになった。

二十数人の若手が日ごろの藩政への不満を爆発させて言い合い、酒を飲んだ。宴が終わったのが、五つ（午後八時）過ぎの刻限だ。酔った足でも駿河台富士見坂の藩邸までせいぜい四半刻もあれば帰りつく。

「琴平、磐音はどこにおる」

慎之輔が琴平に尋ねた。

神田明神下の茶屋から関前江戸藩邸まで帰るには、神田川下流に架かる昌平橋を渡ったほうが近道だ。

「うむ、勘定を払っていたで、一行の最後尾にいよう」

一行は、町屋の湯島一丁目界隈を抜けて神田川左岸の河岸道《かしみち》に出ようとしていた。

慎之輔は仲間の傍らを抜けて最後尾に戻った。

その折、慎之輔は一行の中から隠れ宍戸一派の家臣の二人のうち一人の姿が消えていることを見ていた。そして、一行の最後までいっても磐音はいなかった。

「おらぬぞ、琴平」

「なに、磐音がおらぬか。あいつ、珍しく酒を飲んでおったな。どこぞで酔いを覚ましておるのではないか」

と琴平が言い、茶屋に戻ってみるかと二人で今来た道を引き返していった。

そのとき、磐音は神田明神に戻っていた。その磐音を隠れ宍戸一派の一人が尾行していることに気付いていた。だが、磐音は素知らぬ顔で神田明神の本殿に詣でて拝礼した。

磐音の胸には手造りの袋に入った関前神社のお守り札がかけられていた。それは関前を出てくる前日、奈緒が磐音にくれたものだ。

（奈緒、すでに江戸滞在の半ばは過ぎた。もう少しの辛抱じゃぞ）

磐音は胸の中で語り掛けると、奈緒の面影が浮かんできた。幼い折の泣きべそ奈緒の顔、「豊後申し合い」を見物に行った折の上気した顔、そして、別れの日、必死で涙を堪《こら》えていた顔、いろいろな顔が浮かんでは消えた。

拝礼を終えた磐音が振り向くと、筒袴に袖なしを羽織った人影が参道に立っていた。

磐音は深夜の拝礼者かと、一礼した。

だが、相手から向けられたのは殺気だった。

磐音は無言で相手とすれ違うかのような足の運びで歩み寄った。

殺気の主から一言もない。

磐音は、二間ほど手前で歩みを止めた。

「なんぞ御用でござろうか」

「命を貰《もら》いうける」

としわがれ声が応じた。声の感じから四十年配かと、磐音は察した。

「それがし、そなた様に恨みを抱かれる覚えがございません」

「遺恨《いこん》はない、これが稼業《かぎよう》でな」

「と、申されますと殺しを引き受けて金子を稼ぐと言われるか。初めてさような御仁にお会い致しました。江戸は広いですね」

「驚きもなしか」

「いえ、恐怖に震えております」

磐音は相手の殺気を散らそうと話を続けた。

「ちなみにそれがしの命の値はいくらでございますか」

「値を聞いてどうする」

「命が助かるならば有り金と刀を差し上げてもようございます」

「刀を呉れるじゃと」

声音は呆れていた。

「古備前包平、と父から聞かされておりますが、わが家にさような大業物があるのも不思議、偽備前かもしれません」

と言った磐音が下げ緒を解くと鞘ごと抜いた。

「本物ならば触手を伸ばさぬこともない」

「それでは頼み主に背信することになる」

磐音の返答に相手が沈黙した。

磬音は二人の会話を聞いている者がいることを察していた。

「そのほう、若いが大した度胸じゃな。流儀はなにか」

「ほう、これまで殺しを請《う》け負って相手の流儀もお聞きになりませんでしたか」

「わしは相手のことは一切聞かぬ。ただ、引き受けたことを為すだけでな」

「直心影流佐々木道場の門弟にございます」

「なに、佐々木玲圓の弟子であったか。命の値がちと安かったな」

「ならば、それがしが敗北の折は、包平をお渡しいたしましょうか」

　磬音は鞘ごと抜いた備前包平を突きの構えにとった。刃渡り二尺七寸に柄七寸余、全長三尺四寸が相手の喉元に向かって、
　ぴたり
　と突き出された。

「観世六太夫どの、そなた、得意の居合にはこれしか手はなかろうと思いましてな」

「おぬし、それがしを承知か」

　観世六太夫の声音に初めて狼狽の気配が漂った。

「いえ、今宵初めて神田明神の境内にてお目にかかりました」

「よかろう。先手を取られたは初めてのこと、剣術家観世六太夫の武運を試してみようか」

磐音がすっと半歩下がった。

その動きに釣り出されるように観世六太夫が刀の柄に手をかけると、間合いを詰めて一気に踏み出した。

磐音もほぼ同時に突きの構えで詰めた。

寸毫の間に戦いの間に入った。

観世六太夫の腰から一条の光になって刃が抜き打たれ、磐音の全長三尺四寸余の鞘尻《さやじり》が六太夫の喉に向かった。

神田明神の常夜灯の薄明かりに抜き打ちの剣と、鞘ごと突き出された長刀が交錯したかに見えた。だが、ほんの、ほんの一瞬早く磐音の鞘尻が観世六太夫の喉元を突き破って後ろに吹き飛ばしていた。

磐音は動きを止めると痙攣《けいれん》する六太夫を見下ろし、

「死にはすまい。じゃが、もはや剣術家としては生きていけまい」

と言い残すと神田明神の境内から姿を消した。

関前城下の屋敷小路近くの小林家では、奈緒が不意に目を覚ました。寝汗を掻いていた。

（まさか磐音様の身に）

奈緒は寝床に起き上がると関前神社のお守りを入れた袋を触り、胸に押し付けた。

（神様、磐音様の身になにもございませんように。もし磐音様の命に係わる出来事ならばこの奈緒の身に替えて下さいまし）

ひたすら奈緒は祈りを続けた。


翌未明、佐々木玲圓が道場に人の気配を感じて母屋から出向いてみると、一つの影が素振りを続けていた。

坂崎磐音の五体から生死をかけた戦いをなした者だけが醸し出す、

「上気」

が漂い、磐音はそれを必死で打ち消そうと素振りを続けていた。

（再び真剣勝負を為したか）

佐々木玲圓は、一瞬考えた。だが、血の臭いが漂ってくることはなかった。

(坂崎磐音の生涯には波乱万丈が待ち受けておるようじゃな)

玲圓は道場に入ることなく母屋へと戻った。

住み込み門弟が拭き掃除をすべく道場に立ち入ったとき、道場はきれいになっていた。そして、稽古着姿の坂崎磐音が腰から包平を抜き打つ稽古を黙々と続けていた。

「坂崎、また住み込み門弟に戻ったか」

若い門弟衆の頭分の本多鐘四郎が声をかけた。

「いえ、昨夜、藩の者たちと酒をいささか飲み過ぎましたゆえ、徹宵にて稽古をなし、酒っ気を汗といっしょに流していたところです」

「酒を飲んで真剣を抜き打つとは危ないではないか。おぬしの一剣は、古備前の大業物であったな。わしに持たせてくれぬか」

鐘四郎が磐音から抜身を受け取り、

「なにっ、そなた、この大業物を振り回しておるか、二尺七寸じゃと。並みの門弟では扱えぬのう」

というところに改めて玲圓が道場入りし、

「どうした、本多」

「見て下され、坂崎磐音の一剣にございます」

と見せた。

「どうれ、噂の古備前包平か」

と玲圓が鎺《はばき》からゆっくりと刃先、刃文、物打ち、そして、鋩《きつさき》まで鑑賞して、

「見事な包平じゃな。この古備前を使いこなすにふさわしい武芸者になるのじゃぞ」

と磐音に返した。

「は、はい。努めます」

と答えた磐音は、包平を鞘に戻しながら、

(先生、斬ることだけは避け得ました)

と沈黙の約定を守ったことを己に言い聞かせるように胸中で呟いていた。

さりながら、将来、佐々木玲圓と磐音が養父養子の親子になるとは、そして、直心影流佐々木道場の後継者になるなどこの場に居る者のだれもが夢想もしていなかった。

明和八年師走のことだった。

あとがき

新年あけましておめでとうございます。

『居眠り磐音　江戸双紙』（双葉文庫）シリーズが五十一巻で完結して、三年が過ぎました。

このたび、本シリーズを新たな視点で見直すことに致しました。シリーズ名を『居眠り磐音』と簡潔にして、第一巻の『陽炎ノ辻』から決定版を順次、足かけ三年にわたり文春文庫にて刊行していく所存です。作者の私も五十一巻の見直しを務めて参りました。そこで感じたことを正直に申し上げます。

その前に、十五年にわたる長大な五十一巻の物語にお付き合い頂いた読者諸氏の根気とシリーズに対する愛情に深く感謝申し上げます。

『居眠り磐音 江戸双紙』を書き継いでいるときは、ただただ前へ前へ、「次作の展開」のことのみを考え、既刊の文庫を読み直す機会がありませんでした。この機にシリーズを読み返し、恥ずかしながら、「この小説を私が書いたのか、面白いじゃないか」と思いました。なにより物語が古びていないと傲慢にも作者は想いを強く致しました。

時代小説を未だお読みでない読者の方々も、書店さんで『陽炎ノ辻』を手にお取りになって下さい。必ずや面白さに感動されましょう、涙を流されましょう。

文春文庫の決定版の『居眠り磐音』第一巻『陽炎ノ辻』が二月に刊行されるのを機に、スピンオフあるいは外伝として磐音と奈緒の幼年期から青年期を新たに書いてみました。

既刊の五十一巻であらゆる磐音を書いてきたつもりでしたが、奈緒と磐音の間柄で書き残したところがあることに気付かされ、文春文庫『居眠り磐音』決定版の手直しをしながら『奈緒と磐音』を認《したた》めました。

誕生した折から二人の運命は定まっていたにも関わらず、悲劇に見舞われて別離を受け入れなければならない。
長大な物語の序章というべき『奈緒と磐音』をお読みになり、二人の無垢にして清純な愛情がどう変転していったか、決定版『居眠り磐音』にてお楽しみいただければ、作者はこれ以上の幸せはございません。

また文春文庫『居眠り磐音』の刊行に合わせ、新しい御代を迎える五月十七日、松坂桃李君が新たなる磐音役に挑戦する映画『居眠り磐音』が公開されます。
文春文庫『居眠り磐音』決定版とともにぜひお楽しみ頂けたら、幸甚でございます。

平成最後の三十一年正月　　熱海にて

佐伯泰英

この作品は文春文庫のために書き下ろされたものです。

文春文庫

奈《な》緒《お》と磐《いわ》音《ね》

居眠《いねむ》り磐音《いわね》

定価はカバーに表示してあります

2019年1月10日　第1刷

著　者　佐《さ》伯《えき》泰《やす》英《ひで》

発行者　花田朋子

発行所　株式会社 文藝春秋

東京都千代田区紀尾井町 3-23　〒102-8008
TEL 03・3265・1211㈹
文藝春秋ホームページ　http://www.bunshun.co.jp

落丁、乱丁本は、お手数ですが小社製作部宛お送り下さい。送料小社負担でお取替致します。

印刷製本・凸版印刷

Printed in Japan
ISBN978-4-16-791203-1

（　）内は解説者。品切の節はご容赦下さい。

燦 7 天の刃
あさのあつこ

田鶴藩に戻った燦は、篠音の身の上を聞き、ある決意をする。城では圭寿が、藩政の核心を突く質問を伊月の父・伊佐衛門に投げかけていた——。少年たちが闘うシリーズ第七弾。

あ-43-17

燦 8 鷹の刃
あさのあつこ

遊女に堕ちた身を恥じながらも燦への想いを募らせる篠音に、伊月は「必ず燦に逢わせる」と誓う。一方その頃、刺客が圭寿に放たれ——三人三様のゴールを描いた感動の最終巻！

あ-43-18

男ッ晴れ
樽屋三四郎 言上帳
井川香四郎

奉行所の目が届かない江戸庶民の人情と事情に目配りし、事件を未然に防ぐ闇の集団・百眼《ひゃくまなこ》と、見かけは軽薄だが熱く人間を信じる若旦那・三四郎が活躍する書き下ろしシリーズ第1弾。

い-79-1

千両仇討《あだうち》
寅右衛門どの 江戸日記
井川香四郎

なんと本物のお殿様におさまってしまった与多寅右衛門、さっそく藩政改革に乗り出すが。古典落語をモチーフにした人気シリーズ第四弾は、人情喜劇にして陰謀渦巻く時代活劇に？

い-79-19

殿様推参
寅右衛門どの 江戸日記
井川香四郎

潰れた藩の影武者だった寅右衛門どのが、いまや本物の殿様にして若年寄。出世しても相変わらずそこつ長屋に出入りし、仲間とともに幕政改革に立ち上がる。ついに最後？の大活躍。

い-79-20

ちょっと徳右衛門
幕府役人事情
稲葉　稔

剣の腕は確か、上司の信頼も厚いのに、家族が最優先と言い切るマイホーム侍・徳右衛門。とはいえ、やっぱり出世も同僚の噂も気になって…新感覚の書き下ろし時代小説！

い-91-1

ありゃ徳右衛門
幕府役人事情
稲葉　稔

同僚の道ならぬ恋を心配し、若造に馬鹿にされ、妻は奥様同士のつきあいに不満を溜めている。リアリティ満載の新感覚時代小説！　家庭最優先の与力・徳右衛門シリーズ第二弾。

い-91-2

（　）内は解説者。品切の節はご容赦下さい。

稲葉　稔
やれやれ徳右衛門
幕府役人事情

色香に溺れ、ワケありの女をかくまってしまった部下の窮地を救えるか？　役人として男として、答えを要求されるマイホーム侍・徳右衛門。果たして彼は〝最大の敵〟を倒せるのか。

い-91-3

稲葉　稔
疑わしき男
幕府役人事情　浜野徳右衛門

与力・津野惣十郎に絡まれた徳右衛門。しまいには果たし合いを申し込まれる。困り果てていたところに起こった人殺し事件。徒目付の嫌疑は徳右衛門に――。危うし、マイホーム侍！

い-91-4

稲葉　稔
五つの証文
幕府役人事情　浜野徳右衛門

従兄の山崎芳則が札差の大番頭殺しの容疑をかけられた。潔白を証明せんと一肌脱ぐ徳右衛門。が、そのせいで妻のあらぬ疑いを招くはめに。われらがマイホーム侍、今回も右往左往！

い-91-5

稲葉　稔
すわ切腹
幕府役人事情　浜野徳右衛門

剣の腕を買われ、火付盗賊改に加わった徳右衛門。大店に押し入った賊の仲間割れで殺された男により、窮地に立つことに。何よりも家族が大事なマイホーム侍シリーズ、最終巻。

い-91-6

上田秀人
遠謀
奏者番陰記録

奏者番に取り立てられた水野備後守はさらなる出世を目指し、松平伊豆守に服従する。そんな折、由井正雪の乱が起こり、備後守はその裏にある驚くべき陰謀に巻き込まれていく。

う-34-1

風野真知雄
妖談うつろ舟
耳袋秘帖

江戸版ＵＦＯ遭遇事件と目される「うつろ舟」伝説。深川の白蛇、幽霊を食った男…。怪奇が入り乱れる中、闇の者とさんじゅあんの謎を根岸肥前守はついに解き明かすのか？　堂々の完結篇。

か-46-23

（　）内は解説者。品切の節はご容赦下さい。

黄蝶の橋
篠　綾子
更紗屋おりん雛形帖
犯罪組織「子捕り蝶」に誘拐された子供を奪還すべく奔走するおりん。事件の真相に迫ると、藩政を揺るがす悲しい現実があった。少女が清らかに成長していく江戸人情時代小説。（葉室　麟）
し-56-2

紅い風車
篠　綾子
更紗屋おりん雛形帖
勘当され行方知れずとなっていた兄・紀兵衛と再会したおりん。喜びもつかの間、兄の修業先・神田紺屋町で起こった染師毒殺事件の犯人として紀兵衛が捕縛されてしまう。（岩井三四二）
し-56-3

山吹の炎
篠　綾子
更紗屋おりん雛形帖
ついに神田に店を出すことになり更紗屋再興に近づいたおりん。ところが大火で店が焼けてしまう。身を寄せた寺で出会ったお七という少女が、おりんの恋に暗い翳を落とす。（大矢博子）
し-56-4

白露の恋
篠　綾子
更紗屋おりん雛形帖
想い人・蓮次が吉原に通いつめ、生まれて初めて恋の苦しさと嫉妬に翻弄されるおりん。一方、熙姫は亡き恋人とおりんのために将軍綱吉の大奥入りへと心を動かされ…。（細谷正充）
し-56-5

紫草《むらさき》の縁《ゆかり》
篠　綾子
更紗屋おりん雛形帖
弟の仇討のため江戸を出た蓮次と別れたおりんは、悲しみから、針を持てず縫物ができなくなってしまう。大奥入りした熙姫の依頼で、将軍綱吉主催の大奥衣裳対決に臨むが……。（菊池　仁）
し-56-6

鬼彦組
鳥羽　亮
八丁堀吟味帳
北町奉行所同心の惨殺屍体が発見された。自殺にみせかけた殺人事件を捜査しているうちに、消されたらしい。吟味方与力・彦坂新十郎と仲間の同心達は奮い立つ！　シリーズ第1弾！
と-26-1

（　）内は解説者。品切の節はご容赦下さい。

鳥羽亮
八丁堀吟味帳「鬼彦組」
謀殺

呉服屋「福田屋」の手代が殺された。さらに数日後、番頭らが辻斬りに。尋常ならぬ事態に北町奉行所吟味方与力・彦坂新十郎の率いる精鋭同心衆「鬼彦組」が捜査に乗り出した。シリーズ第2弾。

と-26-2

鳥羽亮
八丁堀吟味帳「鬼彦組」
闇の首魁

複雑な事件を協力しあって捜査する「鬼彦組」に、同じ奉行所内の上司や同僚が立ちふさがった。背後に潜む町方を越える幕府の闇に、男たちは静かに怒りの火を燃やす。シリーズ第3弾。

と-26-3

鳥羽亮
八丁堀吟味帳「鬼彦組」
裏切り

日本橋の両替商を襲った強盗殺人。手口を見ると殺しのほかは十年前に巷を騒がした強盗「穴熊」と同じ。だが昔の一味は、鬼彦組の捜査を先廻りするように殺されていた。シリーズ第4弾。

と-26-4

鳥羽亮
八丁堀吟味帳「鬼彦組」
はやり薬《ぐすり》

江戸の町に流行風邪が蔓延。人気医者・玄泉が出す万寿丸は飛ぶように売れたが、効かないと直言していた町医者が殺された。いぶかしむ鬼彦組が聞きこみを始めると――。シリーズ第5弾。

と-26-5

鳥羽亮
八丁堀吟味帳「鬼彦組」
謎小町

先ごろ江戸を騒がす「千住小僧」を追っていた同心が殺された！　後を追う北町奉行所特別捜査班・鬼彦組に、闇の者どもの「親子の情」が立ちふさがった。大人気シリーズ第6弾！

と-26-6

鳥羽亮
八丁堀吟味帳「鬼彦組」
心変り

幕府の御用だと偽り戸を開けさせ強盗殺人を働く「御用党」。北町奉行所の特別捜査班・鬼彦組に追い詰められた彼らは、女医師を人質にとるという暴挙にでた！　大人気シリーズ第7弾。

と-26-7

鳥羽亮
八丁堀吟味帳「鬼彦組」
惑い月

賭場を探っていた岡っ引きが惨殺された。手札を切っていた同心にも脅迫が――。精鋭同心衆の「鬼彦組」が動き出す！　倉田佐之助の剣が冴える、人気書き下ろし時代小説第8弾。

と-26-8

文春文庫　書きおろし時代小説

（　）内は解説者。品切の節はご容赦下さい。

鳥羽 亮
八丁堀吟味帳「鬼彦組」
七変化

同心・田上与四郎の御用聞きが殺された。与力の彦坂新十郎は事件の背後に自害しているはずの「目黒の甚兵衛」の影を感じる――果たして真相は？　人気書き下ろし時代小説第9弾。

と-26-9

鳥羽 亮
八丁堀吟味帳「鬼彦組」
雨中の死闘

連続して襲撃される鬼彦組同心の御用聞きたち。やがて明らかになる意外で強大な敵とは？　危険な戦いの中で倉田の剣が冴える、鳥羽亮の大人気書き下ろし時代小説第10弾。

と-26-10

鳥羽 亮
八丁堀吟味帳「鬼彦組」
顔なし勘兵衛

ある夜廻船問屋「黒田屋」のあるじと手代が惨殺された。賊は複数いるらしい……。「鬼彦組」は探査を始めるが、なんと新十郎が襲撃されて傷を負う――緊迫のシリーズ最終作。

と-26-11

鳥羽 亮
八丁堀「鬼彦組」激闘篇
狼虎の剣

立て続けに発生する、左腕を斬り落とし止めを刺す残虐な辻斬り事件。江戸の町は恐怖に染まった。事態を重く見た奉行所は「鬼彦組」に探索を命じる。賊どもの狙いは何か！

と-26-12

鳥羽 亮
八丁堀「鬼彦組」激闘篇
暗闘七人

廻船問屋・松田屋はある藩の交易を一手に引き受けていたが、不審な金の動きに気づいた若旦那が調べ始めた矢先に殺されたという。鬼彦組が動き始める。

と-26-13

野口 卓
ご隠居さん

腕利きの鏡磨ぎ師・梟助じいさん。江戸に暮らす人々の家に入り込み、落語や書物の教養をもって面白い話を披露、時には事件を鮮やかに解決します。待望の新シリーズ。（柳家小満ん）

の-20-1